KB202360

비사맥전

숭실대HK+ 근대계몽기 서양영웅전기 번역총서 03

비사맥전

: 독일제국 철혈재상 비스마르크 전기

사사카와 기요시 저
황윤덕 역
손성준 옮김

발간사

숭실대학교 한국기독교문화연구원은 1967년 설립된, 명실공히 숭실대학교를 대표하는 인문학 연구원으로 발전하여 오늘에 이르렀다. 반세기가 넘는 역사 동안 다양한 학술행사 개최, 학술지 『기독교와 문화』(구 『한국기독문화연구』)와 '불휘총서' 30권 발간, 한국기독교박물관 소장 자료의 연구에 주력하면서, 인문학 연구원으로서의 내실을 다져왔다. 2018년에는 한국연구재단의 인문한국플러스(HK+) 사업 수행기관으로 선정되어 또 다른 도약의 발판을 마련하였다.

본 HK+사업단은 "근대 전환공간의 인문학, 문화의 메타모포시스"라는 아젠다로 문학과 역사와 철학을 아우르는 다양한 인문학 연구자들이 학제간 연구를 진행하고 있다. 개항 이래 식민화와 분단이라는 역사적 격변 속에서 한국의 근대(성)가 형성되어온 과정을 문화의 층위에서 살펴보는 것이 본 사업단의 목표이다. '문화의 메타모포시스'란 한국의 근대(성)가 외래문화의 일방적 수용으로도, 순수한 고유문화의 내재적 발현으로도 환원되지 않는, 이문화들의 접촉과 충돌, 융합과 절합, 굴절과 변용의 역동적 상호작용을 통해 형성되었음을 강조하려는 연구 시각이다.

본 HK+사업단은 아젠다 연구 성과를 집적하고 대외적 확산과 소통을 도모하기 위해 총 네 분야의 총서를 발간하고 있다. 〈메타모포시스 인문학총서〉는 아젠다와 관련된 연구 성과를 종합한 저서나 단독 저서로 이뤄진다. 〈메타모포시스 번역총서〉는 아젠다와 관련하여 자료적 가치를 지닌 외국어 문헌이나 이론서들을 번역하여 소개한다. 〈메타모포시스 자료총서〉는 숭실대 한국기독교박물관에 소장된 한국 근대 관련 귀중 자료들을 영인하고, 해제나 현대어 번역을 덧붙여 출간한다. 〈메타모포시스 교양문고〉는 아젠다 연구 성과의 대중적 확산을 위해 기획한 것으로 대중 독자들을 위한 인문학 교양서이다.

본 사업단의 연구가 진행되는 가운데 새로운 총서 시리즈인 〈근대계몽기 서양영웅전기 번역총서〉를 기획하였다. 1907년부터 1911년까지 집중적으로 출간된 서양 영웅전기를 현대어로 번역하여 학계에 내놓음으로써 해당 분야의 연구 자료로 제공하자는 것이 기획 의도이다.

총 17권으로 간행되는 본 시리즈의 영웅전기는 알렉산더, 콜럼버스, 워싱턴, 넬슨, 표트르, 비스마르크, 빌헬름 텔, 롤랑 부인, 잔 다르크, 가필드, 프리드리히, 마치니, 가리발디, 카보우르, 코슈트, 나폴레옹, 프랭클린 등 서양 각국을 대표하는 인물이다. 1900년대 출간 당시 개별 인물 전기로 출간된 것도 있고 복수의 인물들의 약전으로 출간된 것도 있다. 이 영웅전기는 국문이나 국한문으로 표기되어 있는데, 국문본이어도 출간 당시의 언어로 표기되어 있으므로 지금 독자가 읽기에는 다소 어려울 것으로 예상된다. 이에 원문을 현대어로 번역하고, 원자료를 영인하여 첨부함으로써 일반 독자는 물론 전문 연구자에게도 연구 자료로 제공하고자 했다. 현대어 번역은 해당 분야 전문가의 도움을 받았다. 본 시리즈가 많은 독자와 만날 수 있도록 애써 주신 연구자들께 감사드린다.

동양과 서양, 전통과 근대, 아카데미즘 안팎의 장벽을 횡단하는 다채로운 자료와 연구 성과를 집약한 메타모포시스 총서가 인문학의 지평을 넓히고 사유의 폭을 확장하는 데 기여할 수 있기를 기대한다.

2025년 3월

숭실대학교 한국기독교문화연구원 HK+사업단장

장경남

차례

일러두기

01. 번역은 현대어로 평이하게 읽힐 수 있는 것을 원칙으로 하였다.
02. 인명과 지명은 본문에서 해당 국가의 발음을 한글로 표기하고 각주에서 원문의 표기법과 원어 표기법을 아울러 밝혔다. 역사적 실존 인물인 경우 가급적 생몰연대도 함께 밝혔다.
    예) 루돌프(羅德福/ Rudolf Ⅰ, 1218~1291)
03. 한자는 꼭 필요한 경우 괄호 안에 병기하였다.
04. 단락 구분은 원본을 기준으로 삼되, 문맥과 가독성을 위해 필요한 경우 번역자가 추가로 분절하였다.
05. 문장이 지나치게 길면 필요에 따라 분절하였고, 국한문 문장의 특성상 주어나 목적어 등 필수성분이 생략되어 어색한 경우 문맥에 따라 보충하여 번역하였다.
06. 원문의 지나친 생략이나 오역 등으로 인해 그대로 번역했을 때 의미가 잘 전달되지 않는 경우 번역자가 [ ] 안에 내용을 보충하여 번역하였다.
07. 대사는 현대의 용법에 따라 “ ”로 표기하였고, 원문에 삽입된 인용문은 인용 단락으로 표기하였다.
08. 총서 번호는 근대계몽기 영웅 전기가 출간된 순서를 따랐다.
09. 책 제목은 근대계몽기에 출간된 원서 제목을 그대로 두되 표기 방식만 현대어로 바꾸고, 책 내용을 간결하게 풀이한 부제를 함께 붙였다.
10. 표지의 저자 정보에는 원저자, 근대계몽기 한국의 번역자, 현대어 번역자를 함께 실었다. 여러 층위의 중역을 거친 텍스트의 특성상 번역 연쇄의 어떤 지점을 원저로 정할 것인지가 문제였다. 일단 근대계몽기 한국의 번역자가 직접 참조한 판본부터 거슬러 올라가면서 번역 과정에서 많은 개작이 이뤄진 가장 근거리의 판본을 원저로 간주하고, 번역 연쇄의 상세한 내용은 각 권 말미의 해설에 보충하였다.

비사맥전

보성관번역원[1] 황윤덕

• 제1 약력[2]

서력 1815년의 어느 때 독일의 시위사관(侍衛士官)[3] 페르디난트[4]

1) 보성관번역원: '번역원'의 한자가 '繙譯員'이라고 되어 있다. '번역'의 한자로는 알반적으로 '翻譯'과 '飜譯'이 널리 사용되고 있지만, '繙譯'과 '繙繹' 또한 용례가 전해진다. 가령 같은 보성관에서 역간된 『오위인소역사(五偉人小歷史)』(1907.5)의 경우, 번역자 이능우(李能雨)의 이름 옆에 '역(繹)'이라고 되어 있었다.

2) 황윤덕이 번역한 『비사맥전』에는 저본인 사사카와 기요시(笹川潔, 1872~1946)의 『ビスマルック(비스마르크)』(博文館, 1899)의 「자서(自序)」가 생략되었다. 해당 내용은 다음과 같다. "언론의 자유, 출판의 자유, 국회의 설립, 교통의 발달, 무릇 이러한 사정이, 필연적으로 소위 '사람은 관속에 들어가서야 처음으로 평가된다'는 격언을 파괴하는 사례가 많아지게 되었다는 것은 의심할 바 없다. 하지만 내치, 특히 외교라고 하는 호걸이 운용하는 정략(政略)에 있어서는, 여전히 문외한이 헤아려 알 수 없는 사회 물정의 복잡함이 수반되고, 또한 점점 현저해질 것이다. 어쨌든 충신이 변하여 간신이 되고 영웅이 변하여 보통 사람이 되는 것과 같은 일들은, 오랜 옛날부터 보았고 지금과 지금 이후로도 발견될 수밖에 없음을 알기 원한다. 역사가도 아니며, 소위 당대의 문사(文士)도 아닌 내가 비스마르크 공(公) 전기를 집필하며 조금은 안심하는 이유이다. 지면의 한계가 있는 것 또한 비스마르크 공을 붙잡아 임시로 돕고자 논했다는 것으로 질책을 면할 수 있기를 바란다. -기해춘단(己亥春旦) 관뢰암주(管籟庵主) 지(識)" 笹川潔, 『ビスマルック』, 博文館, 1899, 「自序」. 이하 본문은 『비사맥전』, 저본은 사사카와 기요시의 상기 텍스트를 의미한다.

3) 시위사관(侍衛士官): '시위(侍衛)'란 임금이나 어떤 모임의 우두머리를 모시어 호위하거나 그런 사람을 뜻한다. 저본에는 '近衛士官'(1쪽)이라 되어 있다.

4) 페르디난트(회루ㅆ디난도, Karl Wilhelm Ferdinand von Bismarck, 1771~1845): 프로이센의 융커(Junker) 출신으로 군 복무 후 농장을 경영하였다. 아들 비스마르크에게 보수적 귀족의 가치관을 물려주었다.

라 하는 자가 있었다. 그는 쇤하우젠[5]이라 하는 곳에 거주하였는데, 4월 1일에 셋째 아들이 태어나니, 이름을 비스마르크라고 하였다.

유년 시절 그의 어머니 빌헬미나[6]의 나이가 아직 어려 포츠담[7]의 심창(深窓)[8]에 있었다. 여름을 맞은 저녁, 아름답고 이상한 한 비천한 부인이 와서 말하였다.

"빌헬미나의 장남은 반드시 희대의 호걸이 될 것이니 장래에 황제께서 공작의 작위를 하사하실 것입니다."

이때 왕궁에서 빌헬미나를 두 번째 어머니와 같이 앙모하여 여러 차례 포츠담의 정원을 방문하던 당시 6세의 빌헬름 왕자가 옆에서 있었다. 그 비천한 부인이 보고서 다시 말하였다.

"당신의 장자에게 공작 작위를 내리실 장래의 황제는 바로 저 어린 왕자이십니다."

말을 마치자 표연히 사라지니 인홀불견(因忽不見)[9]이었다.

당시 그 어머니는 이를 보고 한바탕 크게 웃으니 잠시 청아하고 한가로운 석양의 경치에 통쾌하게 울렸다. 무릇 이 아이는 장자는 아니었지만 이처럼 숙녀의 태중에서부터 장래의 대재상(大宰相)이

5) 쇤하우젠(시웬호젠, Schönhausen)

6) 빌헤미나(우이루헤루미나, Wilhelmine Luise Mencken, 1789~1839): 비스마르크의 어머니로, 비스마르크가 24세가 되던 해에 사망하였다. 지적인 중산층 출신으로 성장기 비스마르크의 교육에 영향을 주었다.

7) 포츠담(폿쓰담, Potsdam)

8) 심창(深窓): '깊숙한 창문' 혹은 '깊숙이 있는 방이나 거실'을 뜻한다. 관용적으로 지체 높은 집안에서 태어나 세상의 더러움에 물들지 않은 숙녀가 있는 곳을 나타내기도 한다.

9) 인홀불견(因忽不見): 언뜻 보이다가 홀연히 없어지는 것을 뜻한다.

탄생한 것이다. 옛날의 현명한 재상, 훌륭한 장군[10]에 비하여도 손색없는 광대한 업적이 그의 손에 이루어졌으니 어찌 신기하지 않겠는가.

비스마르크가 점차 성장하니 수도 베를린으로 가 보넬,[11] 슐라이어마허[12] 등의 문하에서 가르침을 받았다. 나이 17세에 괴팅겐[13] 대학에 입학하였는데, 사람됨이 호방하여 맥주를 과하게 마시고 용맹하게 결투하는 것을 좋아하여 남에게 굽히지 않았다.[14]

하루는 구둣가게에 가서 제화공에게 장화를 만들게 했다. 그는 제화공에게 말하였다.

"내 장화를 늦게 만들면 곧 맹견을 시켜 어금니로 너를 물게 할 것이다."

비스마르크는 새벽부터 저녁까지 기한을 정해 가게에 주문을 걸어 결국 기한을 넘기지 않게 하였다. 그 후에도 항상 이처럼 약정

10) 옛날의 현명한 재상, 훌륭한 장군에 비하여도: 저본에는 "술레이만, 크롬웰에 비하여도"(2~3쪽)라고 되어 있다. 황윤덕이 인명 대신 일반적인 표현으로 변경한 것이다.

11) 보넬(본네르, Bonnell): 프리드리히 빌헬름 김나지움(Friedrich-Wilhelms Gymnasium)과 회색 수도원 김나지움(Grey Cloisters)에서 연이어 비스마르크를 가르친 스승이다. 오랜 시간 비스마르크와 교유한 것으로 알려져 있다.

12) 슐라이마허(슐라이만헤르, Friedrich Schleiermacher, 1768~1834): 개인의 내면적 종교의식을 중심으로 한 신학 체계를 세운 독일의 철학자이자 신학자이다. 근대 신학의 아버지로 불린다.

13) 괴팅겐(겟진겐, Göttingen)

14) 결투하는 것을 좋아하여 남에게 굽히지 않았다.: 저본에는 "결투의 승패에 그의 생활의 태반을 헛되이 보내버린 것은 바로 이때였다."(3쪽)라고 되어 있어 황윤덕이 부정적 문맥을 긍정적으로 바꾸었음을 알 수 있다.

하여 기한을 위반하지 않게 하였다.

1833년이 되어 비스마르크의 나이는 19세였다. 그는 괴팅겐을 떠나 베를린대학으로 옮겨 졸업한 후에 베를린 재판소의 서기가 되었다. 그 다음에는 아헨[15]의 명사관(明査官)[16]으로 전임하였다가 다시 포츠담의 고등재판소에서 사관(仕官)이 되었다. 이때 군에 지원하여 1년간 시위병(侍衛兵)이 되었다.

비스마르크는 평소에 담배를 대단히 좋아하여 길에 나가 산책할 때에도 항상 담배를 손에서 놓지 않았다. 장관(長官)은 군대의 풍기가 문란해질 것을 우려하여 포고령을 내려, '이후로 거리에서 보행할 때 흡연하는 자는 군율에 처할 것이다.'라고 했는데, 비스마르크는 동료를 모아 길에서 휴식하는 의자에 기대어 보행하지 않는 모양으로 마음껏 흡연하였다.

이때 군대의 복무 기한이 만료되어 귀휴(歸休)를 허가받았고, 옛 영지로 돌아가 실컷 놀고 먹으며 세월을 보냈다. 옛 영지는 포메라니아[17]였는데, 비스마르크가 유년 시절에 이주한 집이 있었다. 이곳에 온 이후로 매일 사격을 연습하였는데, 그 굉굉(轟轟)[18]하는 총

15) 아헨(아이라샤페루, Aix-la-Chapelle/Aachen): 본문의 '아이라샤페루'는 곧 'Aix-la-Chapelle'로서, 아헨(Aachen)의 프랑스명이다. 원래는 엑스라샤펠로 발음된다. 여기서는 독일식 지명을 반영하였다.

16) 명사관(明査官): 저본에는 "배심관(倍審官)"(4쪽)이라고 되어 있는데, 이는 배심관(陪審官)의 오기인 듯하다. 명사관이라는 직책은 승정원일기, 일성록 등의 조선시대 자료에서 찾아볼 수 있다. 특별 조사관 정도의 의미로 추정된다.

17) 포메라니아(포메라니아, Pomerania)

18) 굉굉(轟轟): 소리가 요란함을 뜻한다.

성은 멀고 가까운 곳에 진동하여 몇 해 동안 아주 조용하고 그윽하던 니포츠호[19]의 대기를 어지럽게 흐트러트렸다. 사람들이 비스마르크를 난폭한 공자라 부르니, 그 호방하고 교사(驕奢)[20]한 상태는 상상할 수도 없을 정도였다.

몇 년이 지나 비스마르크가 프리드리히스루[21]에 있던 어느 저녁에, 대담하던 손님을 향해 탄식하며 말하였다.

"우리 장남 헤르베르트[22]는 경건하고 진중한 성격입니다. 나 역시 소싯적에 그랬듯이, 그는 반드시 큰일을 이루겠다고 할 것입니다. 그는 장년이 되어 호화로이 사치하고 방탕한 것을 깊이 뉘우칠 것입니다. 다만 그의 사납고 거만한 말이나 행동이 장래에 사람을 억누르고 지배할 수 있다는 조짐은 그가 이해하였다고 할 수 있습니다."

지금 이를 탄식한 것은 생각건대 장남 헤르베르트의 덕성을 칭찬하려고 한 것이다.

비스마르크가 포메라니아에 있을 때, 지극히 호방하고 산만하였으나, 그 후 영국을 여행하고 프랑스에 유람하면서 안팎의 형세에 큰 깨달음이 있어 마음이 감동하여 분발하게 되었다. 여행을 마친 후, 옛 마을에 돌아온 지 얼마 안 되어 기병대 사관이 되었다. 이 해[23]에 아버지 페르디난트가 사망하니 다시 고향 쇤하우젠으로

19) 니포츠호: 『비사맥전』에는 "니-포쓰후"(3쪽)로 되어 있다. 미상이다.

20) 교사(驕奢): 교만하고 사치스러움을 뜻한다.

21) 프리드리히스루(후리-쏘릿히스루우, Friedrichsruhe)

22) 헤르베르트(헤루베루도, Herbert von Bismarck, 1849~1904)

돌아와 작은 전원의 한 신사로서 잠시 세월을 보내게 되었다.

본래부터 비스마르크의 성정은 열정이 넘쳤다. 일찍이 학창 시절, 고향에 대한 그리움이 심해져 고향으로 돌아갈 마음이 화살처럼 급했다. 여름이 되어 악질(惡疾)이 만연하니 '만일 베를린시에 병독이 전파되면 신속히 고향으로 돌아오라는 집으로부터의 편지를 받을 수 있으리라.'하고 병독이 어디까지 전염되었는가를 알아보기 위해 거친 말을 타고 채찍질로 질주하여 베를린시 밖으로 나갔다.[24] 수도 입구까지 이르렀을 때 갑자기 말에서 떨어져 한쪽 다리에 부상을 입었다.

늘 그는 아버지의 죽음을 애통해하는 심정이 간절하였다. 쾌활했던 청년의 근심스러운 얼굴은 펴지지 않았고 침울한 눈은 과거에 산 넘고 물 건너며 사냥했던 언덕을 꿈꾸듯 바라볼 뿐이었다. 다음해에 드디어 뜻을 정하여 하르츠[25]에 여행을 가기로 하였고, 블랑켄부르크[26] 가(家)의 일행과 함께 길을 나섰다. 그 일행 중에 이쁘고 젊은 한 처녀가 있었다. 그 고운 용모와 아리따운 자태는 경국지색(傾國之色)이었다. 비스마르크는 한눈에 마음 깊이 연모하게 되었다.[27]

23) 이 해: 비스마르크의 아버지인 페르디난트 폰 비스마르크는 1845년에 사망했다.

24) 나갔다.: 저본에는 이 대목 다음에 "이것은 그의 일화 가운데 가장 우스워할 만한 것이다."(7쪽)라는 문장이 있었으나, 『비사맥전』에서는 생략되었다.

25) 하르츠(하루쓰, Harz)

26) 블랑켄부르크(보랏겐베루히, Blankenburg)

27) 그 고운 용모와 …… 연모하게 되었다.: 이 외모 묘사와 첫눈에 반했다는 설정은 저본에 없던 것을 황윤덕이 첨가한 것이다. 참고로 이 시기에 비스마르크가 첫눈에 반한 여인은 본문의 요한나가 아니라 타덴의 딸 마리(Marie von Thadden, 1822~1846)였기에, 설정이 뒤섞여 있는 셈이다.

무릇 이 소녀의 이름은 요한나[28]로서 트리크라프[29] 부인이 키운 딸이었다.[30] 비스마르크의 배우자가 되기에는 신분이 적합하지 않았지만, 비스마르크는 이 여인을 사모하는 마음이 애절하였다. 이에 여행을 마친 후에 바로 편지 한 통을 적어 요한나의 아버지에게 발송하여 성혼을 청하였다. 그녀의 아버지는 비스마르크의 성품과 행동이 거칠고 호쾌한 것을 좋아하지 않아서 결혼을 허락하는 것에 심히 주저하였다. 하지만 요한나는 비스마르크가 백년해로(百年偕老)의 서약을 맺기에 족한 장부로 보고 간절히 사모하였다. 그러므로 아버지는 허락하지 않았지만 직접 비스마르크에게 연락을 넣어 상견례를 행하라고 하였다.

비스마르크는 이 소식을 받고 크게 기뻐하여 곧 요한나의 집으로 가 혼례를 행하지 않고[31] 사람들이 빽빽이 앉아있는 가운데로 들어가 느닷없이 그 원숭이 같은 팔을 뻗어 요한나를 안고서 붉은 입술에 키스했다. 그 친밀한 정(情)은 화접수원(花蝶水鴛)[32]과 같았다. 좌중

28) 요한나(요한나, Johanna von Puttkamer, 1824~1894): 비스마르크의 아내로, 신앙심 깊고 내성적인 성격으로 알려져 있다.

29) 트리크라프(도리짜릿후, Trieglaff)

30) 무릇 이 소녀의 …… 키운 딸이었다.: 타덴 부인이 키운 딸은 상기한 마리였으니 이는 오류이다. 다만 딸이라는 소개는 그 자체로 황윤덕이 다시 쓴 것이다. 저본에는 "요한나 폰 푸트카머는 폰 타덴 트리크라프 부인의 시중 드는 여인[附添婦]이었으므로"(8쪽)라고 되어 있었다.

31) 혼례를 행하지 않고: 비스마르크가 아내의 집안에 처음 인사드리는 자리에 나타난 것이니, 문맥상 황윤덕의 번역은 오류라 할 수 있다. 저본에는 "예를 표하지 않고"(8쪽)로 되어 있다.

32) 화접수원(花蝶水鴛): '꽃과 나비, 물과 원앙'이므로 조화를 이루는 아름다운 짝을 뜻한다.

은 이런 만행을 보고서 모두 그 막되고 방탕한 거동에 크게 놀랐다. 하지만 요한나는 이때 비스마르크의 아내가 되겠노라고 마음 굳게 결단하여, 결국 장래의 공작과 공작부인이 되었다. 1847년 초여름, 그들은 일동 앞에 모여 화촉의 의식을 거행하였다.

당시 비스마르크는 이미 포메라니아에서 선출된 대의사(代議士)로서, 프로이센 국회에 참석하여 열렬히 군권주의(君權主義)를 받들었고 의회장 일각에서 걸출한 인물로 알려졌다. 무릇 비스마르크가 군권주의를 추앙한 것은 그 선조로부터 내려온 존왕심(尊王心)의 영향 때문이다. 그의 어머니가 왕가[33]를 가까이에서 모셨고 장래의 독일황제 빌헬름 또한 그 어머니를 경모(敬慕)하였으니, 비스마르크가 유년기부터 마음속에 품은 존왕심은 프랑스혁명으로 인해 흔들릴 정도로 천박한 것이 아니었다. 비스마르크는 일찍이 프로이센이 나폴레옹 1세의 말발굽 아래 유린당한 것에 분개하였다. 왕실의 쇠퇴함을 만회하겠다는 생각은 잠시도 그의 머리에서[34] 떠나지 않았다.

하루는 비스마르크가 베를린 시가지로 나가 주점에 들어갔다. 옆자리에는 한 무리의 도시 사람들이 테이블에 둘러앉아 정치 관련 대화를 나누고 있었는데, 왕실에 모(某) 친왕(親王)[35]의 사적인 행실

33) 왕가: 저본에는 "브란덴부르크 왕가"(9쪽)로 되어 있다. 『비사맥전』에는 이처럼 고유명사가 생략되는 경우가 빈번히 나타난다.

34) 머리에서: 본문에는 "心中에"(6쪽)로 되어 있으나, 앞의 "생각"과 호응하도록 "머리에서"로 바꾸었다.

35) 친왕(親王): 황제의 아들이나 형제를 말한다.

을 공격하는 내용이었다. 비스마르크가 이를 듣고 소리쳐 크게 꾸짖어 말하였다.

“당신들은 내가 이 맥주잔 속의 맥주가 없어지기 전에 빨리 불경한 언사를 중지하시오. 그렇지 않으면 내가 당장에 철권으로 당신들을 때려주겠소.”

그 시민의 무리가 비스마르크의 권위에 놀라 잠시 아무 말도 하지 못하였다. 하지만 얼마 지나지 않아 이야기가 다시 시작되었고, 친왕을 공격하는 말이 이어졌다. 비스마르크는 몸을 날려 의자를 벗어나 맥주잔을 잡은 채로 한 신사의 머리를 내려치며 왕실을 비방한 것에 격노하였다. 테이블을 뒤집으며 사람들을 난타하여 경악하게 한 후, 천천히 주점을 떠났다. 비스마르크의 존왕심이 이미 이와 같았으니[36] 어찌 당시 민권이 진작하는 추세에 역행하지 않았겠는가. 이러한 까닭에 프로이센의 국회의원이 되어 정치가의 권리를 처음 행사할 때가 되니 비스마르크는 더욱 분전고투(奮戰苦鬪)하였다.

1848년 3월에 베를린에서 같은 일이 일어나니 비스마르크는 완연히 독한 술과 같은 정치가같이 분개하여 세상을 욕하고, 고향마을의 농촌신문에 한창 민권을[37] 비판하는 글을 집필하기도 하였다. 그러나 대세는 이미 비스마르크가 어떻게 하기 어려운 상황이 되었

36) 존왕심이 이미 이와 같았으니: 번역 과정에서 축약되었다. 저본에는 “이 한편의 일화는 그의 존왕심을 증명하고도 남는 것이 아니겠는가. 대저 이미 그의 주의(主義)가 이와 같았으니”(11쪽)라고 되어 있다.

37) 민권을: 저본에는 “민권의 발흥을”(11쪽)이라고 되어 있다.

다. 그해 12월에는 신헌법이 발포되고 다음 해 2월부터는 영국의 방식대로 의원(議院)[38]이 개설되기에 이르렀다. 완고하여 철이나 돌 같은 포메라니아의 의원(즉 비스마르크)[39]은 일찍 신헌법을 발포하는 것에 기뻐하지 않았으며, 이 헌법이 왕권을 모욕하고 조국의 국체를 위험하게 한다고 심히 분노하고 크게 절규해 마지않았다. 의원에서 비스마르크의 연설은 한갓 사람들의 코웃음 거리가 되고 말았다.

당시 독일의 통일 문제가 각 지방에서 경쟁적으로 제기되었다. 누군가는 프랑크푸르트[40]의 회의에서 프로이센 왕의 제위를 의결해야 한다고 말하였으나, 의결에 의해 제위에 오르는 것은 백성으로부터 왕관을 수여받는 것과 같다는 이유로 프로이센 왕 프리드리히 빌헬름 제4세는 곧 이를 거절하였다. 그뿐 아니라 프로이센 왕은 내심 오스트리아[41] 이외에 연방을 창설하려는 의지가 왕성하였다. 국운의 앞길에 놓인 형세는 프로이센·오스트리아 전쟁이 개전할 광경이 없지 않았다.[42] 이는 비스마르크가 일찍이 간파한 바가 아니었는가. 또한 비스마르크가 민권을 확장하는 운동을 사갈(蛇蝎)[43]시 하는 이유도 여기에 있다고 할 수 있다. '우리가 배척하는

38) 의원(議院): 저본에는 "議院"(11쪽)이라고 되어 있지만 황윤덕은 "議員"(7쪽)으로 옮겨 수정하였다.

39) (즉 비스마르크): 본문에는 작은 글씨로 처리된 주석에 해당한다. 이하 본문에 괄호로 표기하여 구분하겠다.

40) 프랑크푸르트(후랑구푸루도/후랑구후흐루도, Frankfurt)

41) 오스트리아(澳太利, Austria)

42) 없지 않았다.: 저본에는 "비껴갈 수 없게 되었다."(12쪽)로 되어 있다.

것은 국가연합[44]에 있으며 우리의 원하는 것은 연합국가[45]에 있다.' 비스마르크가 품은 바는 실로 이와 같았다.

1850년에 에르푸르트[46]에서 프로이센과 하노버,[47] 작센[48]과의 3국이 연합하여 연방의회를 개최하였고 비스마르크 역시 의원이 되었다. 회의의 결과는 수포로 돌아가 하등의 효력을 만들지 못하였다. 다만 이 회의는 은연중 프로이센의 오스트리아 배척정책을 발표한 것이었으며 이로 인하여 쾨니히그레츠[49]에서의 혈전(血戰)이 빚어져 나왔다.

당시 프랑크푸르트는 게르만연방의 정치적 중심으로 매년 한 차례씩 통상회의가 이곳에서 열렸다. 각 지방 주권자와 각 공사를 파견하여 회의에 참여하게 하여, 독일연방 관련 외교, 군사에 관해 논의하였다. 프로이센에서는 폰 론[50] 장군이 왕국을 대표하여 참여

43) 사갈(蛇蝎): 뱀과 전갈을 뜻한다.

44) 국가연합: 각 구성국은 국제법상으로 평등한 국가이고 대내외적으로 독립성을 가진다. 국가연합 그 자체는 국제법상의 국가로서 인정되지 않는 형태이다(confederation).

45) 연합국가: 각 구성국은 원칙적으로 국제법상 독립된 국가가 아니며, 통치권이 중앙의 단일정부에 집중되는 단일국가에 대응하는 개념이다(Federation). 연방국가(Federal State)의 개념과 상통한다.

46) 에르푸르트(루후루도, Erfurt)

47) 하노버(ᄒᆞ노페루, Hanover)

48) 작센(삭소니, Saxony)

49) 쾨니히그레츠(게훼닛히싸렛, Königgrätz)

50) 폰 론(폰 로ᄒᆞ우, Albrecht von Roon, 1803~1879): 프로이센 육군 장군이자 전쟁부 장관으로 비스마르크와는 군사개혁과 국가통일에 뜻을 같이한 정치적 동지라 할 수 있다.

하니, 이때 비스마르크는 장군의 비서관이 되어 1851년에 프랑크푸르트 땅에 부임하였다. 비스마르크가 외교에 한 몸을 의탁하게 된 것은 이때였다.

비스마르크가 프랑크푸르트에 주재할 때 하루는 여관 주인에게 명하여 자기 방 안에 호출 종을 설치하게 하였는데, 주인이 수긍하지 않으며 말했다.

"호출종은 여관에서 설치할 것이 아니니, 귀하가 자비로 지급해 주시면 설치해드리겠습니다."

곧 주인이 나가자 비스마르크는 약간 실망하는 모양으로 말없이 서서 바라보았다. 잠시 후 갑자기 우레와 같은 요란한 소리가 비스마르크가 묵는 방안에서 일어났다. 주인은 크게 놀라 '집 안에 큰 난리가 났구나' 생각하고 얼굴색이 흙빛으로 변하여 비스마르크의 방 앞으로 와 두려워하며 문을 열고 엿보았다. 비스마르크는 태연히 탁자 앞에 앉아 서적을 정리하고 있었고, 그 옆에는 권총이 놓여 있었는데 총구에서는 남은 화약 연기가 용이 올라가듯 굴곡을 그리며 피어오르고 있었다. 주인은 한편으로는 놀라고 한편으로는 이상하게 여기며 물었다.

"귀하께서는 무슨 일을 벌이신 겁니까?"

비스마르크는 조용하고 침착한 어조로 대답하였다.

"주인은 내가 발사한 공포탄 소리를 이상하게 여긴 건가? 하지만 이건 내 호출종을 대신하여 신호한 것일 뿐이네. 이후에도 이것을 신호로 사용할 것이니, 그런 줄로 미리 알게."

이렇게 말하고 비스마르크가 다시 서적을 살펴보니, 주인은 놀란 눈을 휘둥그레 뜬 채 물러나 즉시로 여관 비용으로써 호출종을 설치하였다.

무릇 이를 읽는 자는 어린아이의 장난과 같은 비스마르크의 강하게 압박하는 방식을 등한시하지 말라. 비스마르크의 외교도[51] 종종 이러한 일화로부터 발로하였다.

이때 론 장군이 담당했던 일을 마치고 베를린으로 돌아온 비스마르크는 장군의 추천으로 관직의 길로 단번에 뛰어올라 프랑크푸르트 주차(駐箚)[52]의 프로이센 사절이 되었다. 비스마르크가 청운(靑雲)의 계단에 오르게 된 기반은 실로 이때 이루어졌다. 당시 국왕이 비스마르크의 재능을 의심하여 신임 공사(公使)의 직책을 능히 감당할 수 있을지를 하문하니, 론 장군은 왕에게 이렇게 대답하였다.

"비스마르크는 확실히 천하의 큰 그릇입니다. 그 재능이 본래부터 제가 닿을 수 없는 먼 곳에 있었습니다."

과연 비스마르크는 포의백면(布衣白面)[53]이었으나 수많은 사절 중 지금까지 본 적 없던 수단을 발휘하여 여러 나라 사신을 마음껏

51) 외교도: 본문에는 "外交上에도"(9쪽), 저본에는 "외교정략은(外交政略は)"(15쪽)이라고 되어 있다.

52) 주차(駐箚): 외교 대표로서 다른 나라에 머무는 것을 뜻한다.

53) 포의백면(布衣白面): 포의(布衣)는 벼슬 없는 선비 혹은 낮은 관직을 의미하고 백면(白面)은 경험이 없음을 의미한다.

희롱하였다. 때로는 연방회의 의장 레히베르크[54] 백작과의 결투를 약속하여 백작을 압도하기도 하였다. 비스마르크의 외교상에 관한 지식은 실로 이때로부터 더욱 전진하게 되었다.

오스트리아는 맹주국이라는 이름으로 연방의회의 권한을 장악하고 있었다. 그러나 이 같은 거안(炬眼)의 호걸을 불러온 결과, 속속들이 그 약점을 꿰뚫어 보아 메테르니히[55]를 비롯한 오스트리아 정치가들의 무능함이 비스마르크의 면전에서 드러나게 되었다. 이에 비스마르크는 프로이센의 패권시대가 도래할 것을 알고 왕에게 권하여 루비콘 이남의 평야에 군대를 이동시키도록 하였다. 때마침 빌헬름 4세는 왕위를 동생에게 선양(禪讓)[56]하였고, 비스마르크는 러시아 주차 공사로 임명되어 1859년 1월에 행장(行裝)을 꾸려 러시아의 수도로[57] 향하였다.

비스마르크가 러시아에서 주재할 때 그 행색은 화려하지 않았으나, 그 화려하지 않음은 비스마르크가 원했던 것임을 명확히 알 수 있다. 비스마르크는 쇠붙이나 돌과 같은 인물이어서 두드리지 않으면 소리가 나지 않았다. 충돌과 알력이 있는 외교 현장에서는

54) 레히베르크(례히베루삭, Reichenberg)

55) 메테르니히(멧데루니히, Klemens von Metternich, 1773~1859): 오스트리아의 정치가로, 프랑스대혁명과 나폴레옹 전쟁 이후 19세기 유럽의 질서를 설계한 인물이다. 그가 주도한 빈 체제(1815)는 전통적 질서 유지, 유럽 균형 유지, 자유주의 탄압에 초점을 두고 있었다.

56) 선양(禪讓): 왕위를 다음 임금에게 물려주는 것을 뜻한다.

57) 러시아의 수도로: 저본에는 "러시아의 수도 상트 페테르부르크로"(17쪽)라고 되어 있다.

끝없이 쟁쟁하게 소리가 울렸다. 러시아는 그가 감히 평화를 보전하고 우호를 배워 터득하기를 열망하던 무대였다.[58] 이는 그 마음 넓고도 도량 큰 수단이 어디서든 원만하여[59] 봄날의 호수와 같이 깨끗하고 평온하였기 때문이다.

비스마르크가 러시아 수도에 주재한 지 4년이 되었다. 그 사이 이탈리아 전쟁[60]이 있었고, 섭정(攝政) 태제(太帝)[61]가 등극한 일이 있었다. 비스마르크에게는 재상(宰相)에 임명하고자 내밀한 설득이 있었으나, 프로이센의 국운과 비스마르크의 행동은[62] 직접적으로 큰 관계가 없었다.

1862년 6월, 비스마르크는 다시 프랑스 파리[63] 주차 공사로 전임하게 되었다. 비스마르크는 파리에 들어가 주재할 때 특별히 나폴레옹[64]의 인물됨을 예의 관찰하기 위해 노력하였는데, 대번에 그

58) 러시아는 그가 …… 열망하던 무대였다.: 본문에는 "露國이敢히平和를保全ᄒᆞ야好誼를修得ᄒᆞ랴고庶幾希望ᄒᆞ니"(11면)로 되어 있다. 저본의 "그가"와 "무대였다."(17쪽)가 누락된 『비사맥전』의 문장은 열망의 주체가 비스마르크가 아닌 러시아로 해석되는 오역이 되므로 수정하였다.

59) 그 마음 넓고도 도량이 큰 수단이 어디서든 원만하여: 저본에는 "그의 존재가"(17쪽)라고 되어 있던 것을 황윤덕이 다시 쓰며 첨가한 대목이다. "마음 넓고도 도량 큰"은 본문의 "恢弘"(11쪽)을 번역한 것이다.

60) 이탈리아 전쟁: 1859년에 있었던 제1차 이탈리아 독립전쟁을 뜻한다. 세르데냐 왕국과 프랑스가 연합하여 오스트리아와 싸운 전쟁으로, 오스트리아 영토 일부가 상실되었으며 이탈리아 통일 운동이 국제적 지지 기반을 확보한 전환점이 되었다.

61) 태제(太帝): 임금의 아우를 뜻한다.

62) 비스마르크의 행동은: 저본에는 "비스마르크와는"(17쪽)이라고 되어 있다.

63) 파리(巴黎, Paris)

64) 나폴레옹(拿破崙, Louis-Napoléon Bonaparte, 1808~1873): 루이 나폴레옹을 뜻한다. 저본에는 "루이 나폴레옹"(18쪽)이라 되어 있다.

를 참견하기 좋아하는 인물로 인식하게 되었다.

이렇게 3개월을 경과한 후 스페인 국경을 향하여 유람할 때, 비스마르크는 프로이센 재상으로 임명되었다는 칙령을 받고 9월에 본국으로 돌아갔다. 길가에는 푸른 나무가 바람 앞에 무성하고 말머리의 푸른 구름은 눈앞에 영롱한 때에,[65] 그는 의기헌앙(意氣軒昂)[66]하게 표연히 베를린 수도 문으로 입성하였다.

비스마르크는 앞서 프랑크푸르트에 있을 때 오스트리아 정치가를 직접 접하였고, 또한 러시아에 주재한 4년간 제왕과 재상의 일을 상세히 학습한 바 있었으며, 이 해에 파리로 부임하여 비스마르크가 평소에 알고자 하던 나폴레옹 3세의 성격을 역력히 마음속에 새기기도 하였다. 곧 요약해서 말하자면 비스마르크는 본국의 정치적 모범에 대해[67] 통달하게 되었고 지금은 일약 프로이센의 재상이 된 것이다. 다년간 품은 붕익(鵬翼)[68]의 장하고 큰 뜻이 하루아침에 바람과 같이 힘차게 일어나 만리 남쪽의 큰 바다를 도모하는 것이리라.[69]

65) 길가에는 …… 영롱하였다.: 저본의 풍경 묘사는 "한여름 9월의 로렐의 나무가 구름 위로 높이 치솟고 미르테의 가지가 푸르게 무성할 무렵"(18쪽)과 같이 다른 스타일로 되어 있다.

66) 의기헌앙(意氣軒昂): 의기양양(意氣揚揚)과 상통한다. 헌앙은 풍채가 좋고 당당하다는 의미이다.

67) 본국의 정치적 모범에 대해: 본문에는 "本國政治上模範에"(12쪽)로 되어 있으나 비스마르크가 공사 시절에 주변의 모범적 측면만을 배운 것은 아니므로 문맥을 고려하면 저본의 "본국 주위의 정치적 광경에 대해"(18쪽)라는 표현이 더욱 자연스럽다.

68) 붕익(鵬翼): 붕익, 즉 붕새의 날개는 앞으로의 큰 사업이나 계획을 비유할 때 주로 사용된다.

비스마르크가 재상 지위에 오른 초기에, 국민이 그를 혐오하고 꺼려 사람마다 보며 '비스마르크는 입헌적 정치가가 아니다.'라고 하였다. 비스마르크도 또한 국민의 증오를 부추겨 의연히 민권의 확장을 배척하며 왕실의 존영을 선양하려고 힘썼다.

'국가는 헌법 위에 있으니 군비(軍備) 확장에 반대하는 의회는 해산하지 않으면 안 되고 정부가 시행하는 정책을 꾀하지 않는 언론은 재갈을 물려 속박하지 않으면 안 된다.'

비스마르크가 이와 같이 주장하고 이와 같이 단행하니, 국민은 비스마르크의 전제(專制) 정치에 분노하여 거센 중론(衆論)이 일어났다. 그러나 새 재상은 도무지 뒤돌아보지 않았다.

때마침 독일 연방국 중에 사건이 일어나고 그 다음에는 또 폴란드 내란[70]이 발생하여 프로이센은 앞뒤 두 차례에 걸쳐 새 재상의 수완을 발휘하였다. 특히 폴란드 사건에 대하여 비스마르크가 유럽 여러 나라들의 물의를 초래함을 무릅쓰고 러시아를 지원하여 훗날 러시아의 환심을 사게 될 것은, 당시의 천하 인민으로서는

69) 것이리라.: 저본에는 이 단락과 다음 단락 사이에, 황윤덕이 생략한 다음 내용이 등장한다. "지금 여기서 재상인 그의 사업을 빠짐없이 서술하는 것은 도저히 이 소책자가 허용하는 한도를 넘어선다. 재상으로서의 그의 사업은 독일 건국사의 거의 전체를 차지한다. 그럼에도 재상으로서의 그의 사업을 기술하지 않는다면 내가 결국 무엇 때문에 비스마르크 전기를 쓰는지를 이해하기가 힘들게 된다. 이 말로써 내가 표피적이긴 하지만 그 대강의 개요를 약술하고자 하는 이유를 대신할 수 없을까."(19쪽)

70) 폴란드 내란: 1863년 1월의 폴란드 봉기를 뜻한다. 이는 러시아 제국의 지배하에 있던 폴란드, 리투아니아, 벨라루스 지역에서 발생한 대규모 반란으로, 폴란드인들이 러시아의 지배에 저항하며 독립을 시도한 사건이다. 당시 비스마르크는 프로이센과 러시아가 협력해 폴란드 반란을 진압하는 데 협조할 것을 약속하는 알벤슬레벤 협약을 체결하여 러시아와의 우호 관계를 공고히 했다.

그 소식을 이해할 수 없었음이 명백하다.[71] 가장 중요한 것은 비스마르크가 외교 정책이 더욱 효력을 발휘하도록 마음을 두었다는 사실이다. 마침내 폴란드 사건의 종국에 이르러는 프랑스와 화친하고 이제 여러 해 동안 원수가 된 오스트리아를 일거에 혼내줄 기회로 나아가니, 그런 까닭으로 이때 순식간에 덴마크[72] 전쟁이 발발했다.

원래[73] 덴마크 왕은 슐레스비히·홀슈타인[74] 연합공국 및 라우엔부르크[75]를 통합하였으나, 엘베강의 북쪽 연안을 가로지른 슐레스비히를 제외한 다른 두 나라는 독일연방에 속하여 연방회의의 감독하에 있었다. 이 때문에 그 간섭함에 따라 어떤 때는 덴마크의 왕권을 위협하였고 어떤 때는 연방회의의 권한을 위축시키는 결과를 만들었다. 이런 이유로 슐레스비히·홀슈타인의 문제는 분란해짐에 따라 결정을 구하지 않으면 안 될 일이 되었다.

1848년에 독일과 덴마크 사이에 상호 교전이 발생했고, 본래 런던회의에서 일시적인 미봉책으로 강화상태를 유지했으나 그 후 프로이센 국내에서 헌법 소동[76]이 일어났다. 점차 외교문제에 대

71) 그 소식을 이해할 수 없었음이 명백하다.: 본문에는 "其消息을解케ᄒᆞ얏스ᄂᆞ"(13쪽)로 되어 있으나 이는 저본의 해당 대목(20쪽)과는 반대의 의미가 되는 오역이라 수정하였다.

72) 덴마크(丁抹/連馬, Denmark)

73) 원래: 본문에는 생략되었지만, 저본에는 이 대목 직전에 "지금 이 자리에서 간략한 필체로 덴마크 전쟁의 기원을 서술해보면"(21쪽)이라는 도입부가 있다.

74) 슐레스비히·홀슈타인(수례스이쑤, 호루스다인, Schleswig-Holstein)

75) 라우엔부르크(라우엔부르쑤, Lauenburg)

해 소홀히 하게 되면서부터 덴마크 왕[77]은 이 허술함을 틈타 런던 회의의 조약을 무시한 채 슐레스비히를 완전한 덴마크의 영토라 정하고 새로 법률을 제정하여 이후로는 연방회의에 참여하지 못하게 하였다.[78]

이때에 프레데릭 왕이 붕어(崩御)[79]하고 그의 딸 크리스티앙 9세가 즉위하니, 독일의 아우구스텐부르크[80] 공(公)이 스스로 슐레스비히·홀슈타인의 권리를 주장하여 결국 연방의 눈과 귀를 움직이게 하여 분분한 의론이 다시 일어났다. 독일연방은 아우구스텐부르크 공을 도와 덴마크를 정벌하려는 움직임을 보였다. 이때에 비스마르크는 내심 이를 연방의 문제로 그치게 하려 하지 않고 여러 해 동안의 원수인 오스트리아와 결속하여 두 나라의 힘으로 덴마크를 제압하려는 계획을 굳게 세웠다. 그 이유의 일부는 오스트리아가 다른 나라와 동맹을 맺을까 염려한 것이고 또 일부는 유럽 여러 나라에 대하여 프로이센 단독으로 군대를 움직인다는 질책을 면하

76) 헌법 소동: 1848년 3월 혁명 이후 1849년 3월 27일 개최된 독일제헌국민회의에서 오랜 토론 끝에 입헌군주제를 내용으로 한 독일제국헌법이 채택되고 프로이센 왕 프리드리히 빌헬름 4세를 독일황제로 추대했으나, 빌헬름 4세는 왕권신수설를 근거로 이를 거절하여 헌법발효가 좌초된 사건을 말한다.

77) 덴마크 왕: 저본에는 "덴마크 왕 프레데릭"(21쪽)이라 되어 있다. 참고로 프레데릭은 곧 프레데릭 7세(Frederick VII, 1808~1863)로, 즉위 직후 덴마크에 입헌군주제를 도입한 인물로 알려져 있다.

78) 이후로는 연방회의에 참여하지 못하게 하였다.: 저본에는 "이후로는 연방회의가 이를 용인할 수 없게 되기에 이르렀다."(22쪽)라고 되어 있어 의미의 편차가 뚜렷하다.

79) 붕어(崩御): 임금이 세상을 떠남을 의미한다.

80) 아우구스텐부르크(아우쑤스템베루쑤, Augustenburg)

기 위한 깊은 뜻에서 비롯된 것이라고 한다. 도저히 피할 수 없을 보오전쟁(普墺戰爭)[81]이 발발하기 전에 오스트리아 군대의 역량을 미리 시험하고자 한 것이 프로이센 무관(武官)이 필연적으로 원했던 것이었음은 두말할 것도 없었다. 이와 같이 덴마크[82] 전쟁이 개전되었다.

1864년 10월 빈 회의에서 슐레스비히·홀슈타인과 라우엔부르크는 모두 덴마크의 권역에서 이탈하여 프로이센과 오스트리아 두 나라의 수중에 귀속하게 되었다. 새 재상 비스마르크는 이로써 프로이센 국민들의 환호를 받는 입장이 되기에 이르렀다. 그러나 프로이센과 오스트리아는 게르만 연방의 용과 호랑이인데 어찌 영구히 양립할 수 있겠는가. 하물며 슐레스비히·홀슈타인이 지금 두 나라의 관할에 귀속되어 있음에야. 과연 얼마 안 있어 분규의 갈등이 일어났고, 가슈타인[83] 조약이 새로이 체결되었다. 프로이센은 슈레스비히와 라우엔부르크를 함께 갖고 오스트리아는 홀슈타인을 보유하게 되었다. 이것은 조만간 꺼지려고 하는 등불이 일순간 빛나는 것에 지나지 않았고, 두 나라의 대립은 변함없이 다시 일어났다.

1866년 초여름, 비스마르크는 나폴레옹이 제안한 유럽평화회

81) 보오전쟁(普墺戰爭): 1866년에 독일연방의 주도권을 두고 벌어진 프로이센과 오스트리아 간의 전쟁을 뜻한다. 이 전쟁에서 프로이센이 승리하며 독일 통일의 기반을 마련했고, 오스트리아는 독일 문제에서 배제되었다.

82) 덴마크: 여기서는 "丁抹"이 아니라 "連馬"(14쪽)이 사용되었는데, 저본의 이 대목은 "嗹馬"(23쪽)로 되어 있다.

83) 가슈타인(가스다인, Gastein)

의에 찬동할 수 없음을 이유로 오스트리아 정부에 개전(開戰)의 통첩을 발송하였다. 우선 일거에 홀슈타인을 공략하여 7월 쾨니히그레츠의 벌판에서 오스트리아 대군을 맞아 크게 격파하니, 이는 세계에서도 유명한 육군 전투이다. 당시 광경이 얼마나 맹렬하고 참담하였느냐 하면, 당시의 왕 빌헬름 제1세도 출진했고 비스마르크 이하의 군신들도 이를 수행했으며, 이미 양국 군대가 서로 포격을 주고받았지만 승패가 쉽게 결정되지 않았다. 비스마르크도 역시 근심을 놓을 수 없어 은밀히 말을 달려 프로이센 대장[84] 몰트케[85]의 태도를 탐지하려 하였다. 때마침 멀리 바라보니 작은 언덕 위에 서서 전투를 관망하고 있는 한 명의 장군이 보였다. 가까이 가보니 바로 몰트케였다. 비스마르크는 휴대하던 시가[86] 두 개피를 꺼내어 그의 옆에 와서 둘 중 하나를 선택할 것을 권하였다. 비스마르크는 생각하였다.

'몰트케는 평소에 흡연을 즐기는 자이니, 만약 그가 이런 혈전에서 당황하는 기색없이 태연히 3군을 지휘하는 상태에 있다면 각각 좋고 나쁜 그 두 개피의 시가는 능히 몰트케가 상태를 식별할

84) 프로이센 대장: 본문에는 "모루도게 澳國大將"(15쪽), 즉 몰트케가 '오스트리아 대장'이라 되어 있다. 저본에는 몰트케의 이름만 제시되어 있던 것(26쪽)을 황윤덕이 추정하여 첨가한 것이지만 몰트케는 프로이센 참모총장이었으므로 수정하였다.

85) 몰트케(모루도게, Helmuth von Moltke, 1800~1891): 프로이센의 참모총장으로, 독일의 통일전쟁(덴마크, 오스트리아, 프랑스)에서 결정적인 승리를 이끌었다. 철혈정략에 기반한 비스마르크의 통일 정책을 군사적으로 뒷받침한 인물이었다.

86) 시가: 본문에는 "葉卷"(15쪽)이라 되어 있다. 이하 시가(Cigar)로 번역하도록 한다.

수 있을 것이다. 반드시 이를 선택함에 있어 좋은 쪽을 지나치지 않을 것이다.'

과연 몰트케는 한쪽 볼에 미소를 띠며 손을 내밀어 좋은 쪽의 시가 하나를 청하여 집어들었다. 비스마르크는 크게 기뻐하며[87] 마음속에서 축하하며 말하였다.

'몰트케는 침착함을 잃지 않았고[88] 우리 군대는 반드시 승리한다.'

그가 승패를 예견한 것은 이처럼 명확하였다. 이때 오스트리아군은 프로이센 군의 예봉을 대적할 수 없었고 결국 패하여 올뮈츠[89]로 퇴각하였다. 프로이센 군의 대본영은 니콜스부르크[90]로 진격하였다.

당시 나폴레옹 3세는 프로이센의 대승리를 질투하여 위협적인 간섭을 시도했지만 비스마르크는 이를 거절하여 배척했다. 또 프랑스의 형세가 창과 방패로 윽박지른다 해도 프로이센을 제압할 수 없는 상태였으므로, 프로이센 전권위원(全權委員)은 오스트리아의 위원과 8월 23일 프라하에서 회견하여 2천만 탈러[91](오스트리아 화폐로 1탈러에 4,5전)[92]의 배상금과 슐레스비히·홀슈타인, 하노버,

87) 크게 기뻐하며: 저본에는 "거의 자신을 잊을 정도로 미친 듯 기뻐하며"(27쪽)라고 되어 있다.

88) 침착함을 잃지 않았고: 본문의 "我을䟽치아니ᄒᆞ니"(16쪽)를 수정하여 옮겼다.

89) 올뮈츠(오루뭇, Olmütz)

90) 니콜스부르크(니고루스후루구, Nikolsburg)

91) 탈러(다-레루, Thaler): 16세기부터 19세기까지 오스트리아 및 유럽 여러 지역에서 사용된 은화이다.

92) 오스트리아 화폐로 1탈러에 4,5전: 저본에는 없는 주석이다.

헤센, 나사우[93]와 프랑크푸르트의 할양을 요구하여 얻어냈다. 게르만 연방의 패권은 이전의 남쪽지역에서 북쪽지역으로 이동하여, 오스트리아는 기세를 잃고 진흙 구덩이에 빠지게 되었고, 프로이센은 양 날개가 생겨 구름 위로 높이 날아오르게 되었다.

1867년 프로이센 왕은 연방 원수로 추대되었고, 연방정부를 대표하는 연방의회를 개설하여 특별히 일반 인민의 손으로 선출된 국회를 두었으며, 연방의 획일화된 군병제를 세워 프로이센 왕이 대원수가 되게 하였다. 또한 관세 및 기타 통신 제도를 통일하여 이로써 북독일연방의 기초를 확고히 하였다. 비스마르크는 실로 연방수상이 되었다.

북독일연방이 건설된 데 대해, 이를 가장 싫어한 것은 프랑스의 나폴레옹 황제였다. 무릇 그는 프랑스의 판도를 확장하는 것을 숙원으로 삼고 그 야심을 관철하기 위해서 인접국 독일의 분열을 열망했으나, 지금은 무력이 수습되고 나서[94] 연방 건설의 위업이 이루어져 나라의 기초가 더욱 견고해지니 공략하지 못할 지경에 이르렀다. 나폴레옹은 내심 매우 불만에 가득 찼다. 그리하여 런던회의에 호소하여 프로이센의 룩셈부르크에서의 철군을 심히 압박하거나 베를린 정부를 위협하여 벨기에를 취득하겠다고 요구했다. 이 사이에 비스마르크는[95] 미래를 대비해야 할 것을 예상하고 남독일

93) 나사우(낫사우, Nassau)

94) 무력이 수습되고 나서: 본문의 "干戈를收ᄒᆞ고"(17쪽)를 의역하였다. 저본에는 '干戈'가 아닌 '遊戈'을 사용한 "遊戈收まりて"(28쪽)로 되어 있는데, 둘 다 '무력(충돌)'을 의미한다.

여러 나라들과 제휴할 것을 계획하였다. 라인[96]강 양안에 위치한 2대 민족은 이제 전쟁을 피할 수 없는 형세가 되었다.

때가 왔도다. 이사벨라[97] 여왕이 프랑스로 피신하여,[98] 프로이센 왕통인 레오폴트[99] 친왕(親王)이 스페인의 왕관을 쓰게 된 사건이 발생했다.[100] 유명한 엠스[101]의 알현[102]은 급작스럽게 프랑스대사 베네데티[103] 백작이 요청한 것이다. 프로이센 왕은 그를 엠스의 공원 안에서 인견(引見)하여 그가 전해온 온 나폴레옹 3세의 의견을 경청했으나, 이는 프로이센 왕을 강력히 압박하여 레오폴트의 왕

95) 이 사이에 비스마르크는: 저본에는 "이 사이에 비스마르크는 어떻게 하고 있었을까."(29쪽)라며 자문하는 대목이지만 황윤덕에 의해 생략되었다.

96) 라인(莱因, Rhine)

97) 이사벨라(이사베라, Isabella II, 1830~1904): 스페인의 여왕으로, 1833년부터 1868년까지 재위하였다. 내전(카를로스 전쟁) 등 정치적 혼란을 겪었으며, 결국 1868년 혁명으로 퇴위하고 프랑스로 망명했다.

98) 이사벨라 여왕이 프랑스로 피신하여: 본문에는 "프랑스 이사벨라 여왕이 피신하여"(29쪽)와 같이 이사벨라가 프랑스 여왕인 것으로 오역되어 있어 바로 잡았다.

99) 레오폴트(레오포루도, Leopold von Hohenzollern, 1835~1905): 프로이센 국왕 빌헬름 1세의 사촌으로, 새로운 스페인 왕 후보로 거론되며 프랑스와 프로이센 사이의 긴장을 고조시켰다. 본인은 왕위를 사양했지만, 결국 그의 왕위 계승 문제는 보불전쟁의 발단이 되었다.

100) 왕관을 쓰게 된 사건이 발생했다.: 이는 역사적 사실과 다르다. 이사벨 2세의 다음 왕위는 한시적으로나마 레오폴트가 아닌 이탈리아의 아마데오 1세(Amadeo I, 1845~1890)에게 양위되었기 때문이다.

101) 엠스(웨무, Ems)

102) 엠스의 알현: 프랑스의 베네데티 대사가 빌헬름 1세의 휴양지인 엠스에 나타나 프로이센 정부의 레오폴트의 스페인 왕 수락 발표 철회와 그 보장을 요구한 사건이다.

103) 베네데티(베네데쓰데-, Vincent Benedetti, 1817~1900): 프랑스의 외교관으로, 프로이센 주재 프랑스 대사를 지냈다. 그는 보불전쟁의 도화선이 된 엠스 전보 사건의 중심에 있었으며, 프랑스의 패전 이후 외교 무대에서 물러났다.

위 사퇴에 관한 증명과 앞으로 영원히 친왕을 왕위에 추천하지 않겠다는 선서를 얻어내기 위한 명령이었다. 프로이센 왕은 주저 없이 이를 냉소하며 돌아갔고, 비스마르크에 명하여 이 회견을 하나도 빠짐없이 신문으로 간행하도록 했다.[104] 나폴레옹은 더욱 불쾌히 여겨 불과 같이 분노하였다.

1870년 7월 15일 프로이센 왕은 엠스에서 귀경하였다. 21일에는 국회를 열어 1억여 탈러의 군사비를 의결하였다. 바로 이 의결의 3일 전에 나폴레옹이 개전을 선포하게 된다.

8월 4일 비상부르[105]에서 전투가 일어났다. 이는 위셈보르그 전투라고 발음하기도 하고, 비상부르의 대 아수라장이라고도 한다.[106] 프로이센 병사의 머리가 떨어진 것이[107] 1만 6천이요, 뒤이어 생프리바[108]에서 분투(奮鬪)하여 불꽃이 튀는 전투 가운데 2만의 프로이센 병사가 시체로 바랬고 1만 3천의 프랑스 병사가 죽어 마른 해골로 변했다. 다음 달 초하루에 양군이 세당[109]에서 결전을 벌였

104) 간행하도록 했다.: 이른바 엠스 전보 사건(Ems Dispatch)이다. 원래 베를린의 비스마르크에게 전보로 알려진 회견내용을, 비스마르크가 프랑스와의 전쟁개시를 위해 전보의 내용을 고쳐서 프랑스 대사가 프로이센 국왕을 모욕했다는 인상을 주는 내용으로 바꾸어 이를 신문에 발표한 것이다.

105) 비상부르(우에구센부루루/라이스호헨/우욘우루, Wissembourg)

106) 이는 위셈보르그 …… 한다.: 저본(32쪽)을 기준으로 삼았다. 본문에서는 각기 다른 전장으로 언급하나 저본에 의하면 모두 비상부르 전투에 대한 주석에 해당한다.

107) 프로이센 병사의 머리가 떨어진 것이: 본문에는 "프로이센 병사가 머리를 벤 것이(普兵이頭를斬홈이)"(18쪽)로, 저본에는 "독일 병사의 머리를 떨어뜨린 것이"(32쪽)로 되어 있다. 즉 황윤덕의 문장은 저본과 달리 프로이센 병사가 죽임당한 것이 아니라 프랑스 병사를 죽인 것으로 되어 있어 수정하였다.

108) 생 프리바(산부리우아, Saint-Privat)

고, 2일차에 나폴레옹 황제가 동셰리[110]에서 비스마르크와 회견하여, 그 결과 세당 성(城) 군사의 항복이 선언되었고 프랑스의 전군을 체포하였으며, 프랑스 황제는 빌헬름스회에[111]로 호송되었다.[112]

프랑스 황제는 세당에서 패전한 후로 제정(帝政)을 바꾸어 공화정을 수립하고,[113] 트로쉬[114]를 대통령으로 임명하고 파브르[115]를 외무대신에 임명하였다.

9월 19일에 비스마르크는 프랑스 외상(外相)과 페리에르[116]에서 3일 동안 회견하여 강화 담판에서 교섭하였다. 그러나 그 결과는 수포로 돌아가, 불과 같이 감정적인 자와 얼음같이 냉정한 재상은 각각 다른 의사를 내포함으로써 서로 결렬되었다. 이때 프로이센군

109) 세당(세딴, Sedan): 세당 전투는 사실상 보불전쟁을 끝낸 결정적 국면이었다. 프로이센이 대승을 거둔 이 전투에서 나폴레옹 3세는 10만의 군사와 함께 항복하고 포로가 되었다.

110) 동셰리(돈셰리, Donchery)

111) 빌헬름스회에(우이루무스혜-혜, Willhelmshöhe)

112) 호송되었다.: 본문에서는 생략되었으나 저본의 경우 이 대목 직후에 다음과 같은 내용이 등장한다. "이 뒤의 역사는 제19세기 역사의 압권에 속한다. 그러나 지금 이를 상세히 기술할 수는 없으므로, 이에 비스마르크의 약력으로서 세당 전투 이후의 현장 기록을 만든다면 대략 다음과 같다고 할 수 있을까."(33쪽)

113) 프랑스 황제는 …… 공화정을 수립하였고,: 저본에는 "세당의 패전 하나로 제정(帝政)을 쓰러뜨리고 공화정을 수립한 프랑스는"(33쪽)이라고 되어 있다. 즉, 저본에서는 이 정체(政體) 변화의 주체를 '프랑스'로 규정했음에도 황윤덕이 그것을 '프랑스 황제'로 바꾼 것이다.

114) 트로쉬(론유, Louis-Jules Trochu, 1815~1896): 프랑스의 군인으로, 나폴레옹 3세가 포로로 잡히자 임시정부의 대통령으로 추대되었다.

115) 쥘 파브르(후부루, Jules Favre, 1809~1880): 프랑스 제3공화국 초대 외무장관으로, 보불전쟁 후 비스마르크와의 강화 협상에서 중심적 역할을 했던 인물이다.

116) 페리에르(후리에루/후웨라루, Ferrières)

의 대본영은 베르사이유[117]로 이전했고 파리를 포위할 전략이 강구되었다. 비스마르크 역시 이 곳으로 와서 다음 해 3월까지 머물렀다.

9월 27일 스트라스부르크[118]의 항복이 있은 후 감베타[119]가 경기구(輕氣球)를 타고 파리를 탈출한 사건이 있었으며, 10월 티에르[120]가 여러 나라 정부에[121] 돌아다니며 자신의 주장을 설명함으로써 겹겹으로 둘러싸인 파리의 포위를 풀게 하려는 계획도 있었으나, 모든 계획은 그림의 떡일 뿐이었고 결국 효험을 발휘할 수 없었다.

10월 27일 독일군은 파리를 폭격했고 크고 작은 탄환이 마치 비 오듯이 시내에 쏟아졌다. 다음 해 1월 18일 프로이센 왕 빌헬름 1세는 베르사이유의 루이 14세 궁전에서, 남북연방 이후의 영세동맹(永世同盟)[122]을 할 명목으로 독일 황제의 자리에 등극하였다. 1월 23일 저녁에 파브르는 강화 담판을 승낙하여 3주간의 휴전을 명했

117) 베르사이유(우웨루사이유, Versailles)

118) 스트라스부르크(스도라스부루구, Strasbourg)

119) 감베타(강베쓰다, Léon Gambetta, 1838~1882): 프랑스 제3공화국 초기의 핵심 정치인으로, 보불전쟁 중 임시정부 수립과 국민 동원을 주도했다. 열정적인 공화주의자로서 프랑스 공화제의 기초를 다진 인물이었다.

120) 티에르(Adolphe Thiers, 1797~1877): 프랑스의 역사가이자 정치인으로, 보불전쟁 후 제3공화국 초대 대통령이 되었다. 독일과의 강화조약 체결, 파리 코뮌 진압, 국가 재건을 주도했다.

121) 티에르가 여러 나라 정부에: 저본의 이 대목은 "티에르가 프랑스 정부의 위원장이 되어 여러 나라 정부에"(34쪽)로 되어 있다.

122) 영세동맹(永世同盟): 영원히 유지될 것을 약속한 국가 간의 군사적·정치적 동맹을 의미한다. 나폴레옹 1세의 몰락 직후에 체결된 신성동맹(神聖同盟, Holy Alliance)이 대표적 예시이며, 비스마르크 시대에는 1873년의 삼제동맹(독일-오스트리아-러시아), 1879년의 독일-오스트리아 동맹, 1882년의 삼국동맹(독일-오스트리아-이탈리아) 등이 명목상의 영세동맹을 내세우고 있었다.

으며, 2월 21일 프랑스 민회에서 선택하여 행정장관에 임명된 티에르는 내각의 대신들을 이끌고 베르사이유를 내방하여 비스마르크에게 회견을 청하였다. 무릇 티에르는 프랑스 제일류의 정치가로서, 설령 캄베타와 같은 패기는 없다 하더라도 파브르와 비견하면 더욱 신중한 태도를 가진 자였다. 이제는 3천만 동포의 기쁨과 슬픔이 걸린 책임을 떠맡고 희대의 인걸 비스마르크와 베르사이유 성안에서 설전을 벌이려 하였다.

그는 때를 만나지 못한 불우한 정치가이며 이쪽은 의기(意氣)가 제멋대로인 재상이다. 감정적으로 말하자면 티에르에게 동정이 쏟아지겠지만, 이성적으로 말하자면 만곡(萬斛)[123]의 피의 대가로 살 수 있었던 독일 조국의 승리를, 어찌 하루아침에 파리 정치가의 교언(巧言)에 완연히 넘기겠는가. 이 광경은 정말로 참담하였다.[124] 양국 전권위원들은 하나의 장방형의 탁자 하나에 마주 앉았다.[125]

이때 담판은 전승국의 국어로 개시되었다. 비스마르크는 자신의 요구 사항을 피력하며 선언하였다.

"메츠,[126] 지덴호펜[127]을 포함하는 로렌 및 벨포르,[128] 스트라스부

123) 만곡(萬斛): 대단히 많은 분량을 뜻한다.

124) 참담하였다.: 저본에는 이 대목 다음에 "그렇다, 참담하지 않을 수 없었다."(35쪽)이라고 한 번 더 강조되어 있다.

125) 앉았다.: 저본에는 이 대목 다음에 "애초에 처음부터 서 있는 자도 있었고 묵묵히 의자 깊숙이 앉아있는 자도 있었다."(35쪽)라며, 주변 분위기를 더 상세히 묘사하고 있다.

126) 메츠(메쓰, Metz)

127) 지덴호펜: 미상이다.

르를 포괄하는 알자스 두 주를 할양하고 또한 60억 프랑(프랑스의 반원(半元))의 배상금을 겸하여 지불하시오."

이에 대해 티에르가 답하였다.

"프랑스의 재화(財貨)가 60억 프랑의 배상금을 지불하기에는 부족합니다. 자금력도 없으면서 채무를 부담함은 프랑스가 양심을 속이고 거짓을 범하는 것입니다."

이에 이르자, 비스마르크는 10억 프랑을 삭감하고 50억 프랑을 지불하라고 하였다. 티에르는 다시 말하였다.

"역시 이 액수는 영국이 보유하는 국채의 3배에 해당합니다."

비스마르크는 이에 헨켈 백작(인명)[129]과 유태인 프라이크레델(인명)을 소환했다. 프라이크레델은 비스마르크와의 인연이 적지 않은 자로서 은행가인데, 그는 예전에 군비확장안이 국회에서 부결되었을 때 그 자금을 변통하여 정부로 하여금 보불전쟁을 할 수 있게 한 자이다. 지금 그는 왜소한 체구를 움직여, 회색의 수염과 푸른색의 커다란 안경 때문에 얼굴 대부분을 알아볼 수 없는 용모를 한 채 흔들거리며 서서 베르사이유(지명)의 회의에 참여하였다. 그리고 프랑스가 50억 프랑의 배상금을 제대로 지불하기에 충분한 능력이 있을 것이라고 명확하게 증언하였다. 티에르는 굴복하지 않고 변론하여 맞섰다.

128) 벨포르(베루후호루, Belfort)

129) (인명): 이처럼 본문에 괄호로 "人名", "地名", "國名" 등이 병기된 경우가 있다. 이하 원주는 그대로 반영한다.

"프랑스는 아무리 해도 20억 프랑(프랑스의 1원)[130]을 변제할 자금력이 없습니다."

이에 비스마르크는 그 집요함에 분노하여 자리에서 일어나 크게 소리쳤다.

"공들이 주장하는 것은 전쟁을 계속하겠다는 뜻인가?"

티에르도 이 말에는 더 이상 참을 수 없어, 탄식과 분노를 일시에 분출하듯 입에서 불쑥 튀어나온 말이 있다.

"아! 이건 정말로 불가한 강탈입니다."[131]

비스마르크는 냉정하게 그 말을 지적하며 말하였다.

"나는 프랑스어로 소통할 수 없으니 공의 말을 막을 수 없소."[132]

그리고 비스마르크는 여전히 전과 같이 본국어로 말하였다. 담판은 이같이 진행되어 재차 서로 칼을 겨누고 양국이 서로 바라보는 모양과 같았다. 26일에 이르러 원안에서 벨포르(지명)과 10억 프랑을 내어주고 평화 가조약(假條約)을 체결하였다.

130) 프랑(프랑스의 1원): 황윤덕은 화폐 단위 '프랑'을 "法"으로 표기해오다가 이 대목에서는 "포랑"(21쪽)이라는 국문 표기로 바꾸며 괄호 주석을 달았다. 그런데 앞의 주석에서는 "法國半元"(20쪽)이었던 것이 여기서는 "法國一元"으로 변경되었다.

131) "아! 이건 정말로 불가한 강탈입니다.": 저본에는 티에르의 프랑스어 원문과 괄호로 된 번역이 함께 제시되어 있었다. "Ah, cést une spoliatioñ veritable, cést unevileté(아! 정말로 이건 명백히 강탈이군.)"(39쪽) 황윤덕은 프랑스어를 옮기지 않았기에 티에르가 본국의 언어로 탄식했다는 정보가 전달되지 않았다. 따라서 이어지는 비스마르크의 반응 역시 문맥상 자연스럽지 않게 되었다.

132) "나는 …… 없소.": 저본에는 "제가 프랑스어를 구사할 수 있는 지능은 귀하의 말을 가로막는 능력밖에 없으니 전과 같이 계속 독일어로 말하시오."(39쪽)라고 되어 있으므로 황윤덕의 오역이라 할 수 있다.

5월 10일 강변의[133] 프랑크푸르트에서 확정 조약을 교환하고 다시 평화를 찾았다. 이로써 독일을 통일한다는 원대한 계획은 완전히 성취되었다. 사실은 이미[134] 4월 14일에 베를린에서 국회를 소집하여 프로이센의 왕통(王統)은 세세(世世)로 독일제국의 원수(元首)가 되고, 육해군의 대원수(大元帥)가 되기로 정하였다. 또한 연방회의 및 국회를 제국회의로 개칭하고 전자를 상원이라 하고 후자를 하원이라 하였으며, 연방재상은 상원의장을 겸임하게 하였다. 이것이 소위 독일제국헌법의 골자이다. 비스마르크는 이에 의해 수의장(首議長)[135]에 임명되었으며 또 공적을 인정받아 공작에 봉해졌다. 아, 만약 어머니 빌헬미나가 지금 여전히 살아 있었더라면, 일찍이 이상한 천부(賤婦)가 포츠담의 정원에서 장래를 예언하던 일을 회상하며 이제는 그것이 이처럼 신(神)이 내린 사람의 선언이었음을 의심치 않았을 것이다.

유럽 대륙의 판국은[136] 베를린으로 합쳐지고 정치상의 영수(領袖)는 곧 비스마르크였다. 비유하건대 그는 태양의 중심과 같았다. 비스마르크에 비하자면 고르차코프[137]와 디즈레일리[138]

133) 강변의: 저본에는 “마인(Main) 강변의”(40쪽)라고 되어 있다.

134) 사실은 이미: 저본에는 “사실 돌이켜보면”(40쪽)이라고 되어 있다.

135) 수의장(首議長): 저본에는 “議長”(40쪽)이라고 되어 있다. 즉, 황윤덕이 “首”를 붙였다.

136) 판국은: 본문의 “局勢”(22쪽)를 옮긴 표현이다. 저본에는 “道路”(40쪽)라고 되어 있다.

137) 고르차코프(ᄭᅩ루쟈고후/ᄭᅩ루쟈곳후, Alexander Gorchakov, 1798~1883): 러

는 단지 일대의 밝은 별이라고 말할 수 있을 뿐이어서, 결국 비스마르크 공의 주위를 도는 유성(遊星) 정도에 불과하다. 무릇 유럽 외교의 파란(波瀾)은 비스마르크가 일으킨 것이다. 이제 그의 여러 해 동안의 광대한 계획과 대업은 성취되었고 또다시 분쟁을 도모할 필요는 없음을 알게 되었다. 대륙 정치의 바다는 마치 스위스 산중의 호수와 같이 산 그림자와 나무의 모습이 호수 한가운데에 비취는 것처럼 고요해졌다. 러시아 황제가 베를린으로 행차해왔고, 오스트리아 황제는 잘츠부르크[139](지명)에서 독일 황제와 서로 만나 담소했으며, 원한이 골수에 사무친 프랑스 국민들도 비스마르크 공의 회유 정략 가운데 농락당하여 칼자루를 손에 잡고도 칼집에서 빼지 못하는 상태가 되었다.

이제 비스마르크 공의 그 이후의 경륜(經綸)을 약술하겠다.

그는 3대 전쟁 이후 신제국을 유지하기 위해 프랑스의 보복 공격에 대비해야 했다. 그리하여 독일·오스트리아·이탈리아의 3대 제국 회합을 촉구하였고, 또한 러시아와 제휴했으며, 안으로는 무역을 진작시키고, 식민을 장려하였고, 또한 군비를 왕성하게 확장할 것을 계획하였다. 대개 당시 프랑스의 독일 배척사상은 대단히

시아의 외교관·정치가이다. 외무장관, 총리를 지냈으며, 프로이센에 접근하여 흑해 함대보유권을 회복하였고 1873년 3제동맹을 성립시킨 인물이다.

138) 디즈레일리(띠스레리, Benjamin Disraeli, 1804~1881): 영국의 총리이자 보수당 정치가이다. 제국주의적 대외진출을 추진하였고 빅토리아 시대의 번영기를 주도하였다. 글래드스턴과의 정치적 라이벌 관계로도 유명하다.

139) 잘츠부르크(사루쓰바루쑤, Salzburg)

맹렬했고, 그중에서도 캄베타 일파 같은 경우는 점점 또다시 포화를 다시 주고받자는 의기가 있었다. 이때 독일 공사 아르님[140]과 비스마르크와의 사이에 틈이 생겨 외교 기밀이 누설되었다. 따라서 이미 양국의 관계는 대단히 절박해졌다. 비스마르크는 예상치 못한 변수를 고려해야만 했다.

1869년[141] 11월 16일 수에즈운하[142]에서 교통통신을 발행하는 개통식을 진행한 이후로 여러 나라의 정치가들 머릿속에는 일시의 자극이 있었다. 통상의 확대와 식민의 장려는 여러 나라의 시야를 크게 넓힌 중요한 계기가 되었다. 유럽 중원의 쟁탈전은 점차 형세를 이전하게 되었다. 또 동방문제(東方問題)[143]가 다시 성행함에 따라 외교의 초점은 콘스탄티노플[144]로 옮겨져 러시아는 끝내 튀르크와 전쟁을 시작하게 된다.

이제 독일은 당연히 고심참담(苦心慘憺)한 입장에 직면하게 되었다, 비스마르크는 러시아와 결탁하고 오스트리아에 협력할 것을 승낙하였다. 그런데 러시아는 튀르크 문제에 관해 오스트리아와

140) 아르님(아루니무, Harry von Arnim, 1824~1881): 독일제국의 외교관으로, 보불전쟁 후 프랑스 주재 대사로 활동했다. 비스마르크와의 외교정책 갈등이 있었으며, 기밀 유출 혐의로 실각하였다.

141) 1869년: 저본에는 "1869년" 앞에 "하지만 교통통신의 발전, 특히"(42쪽)이라는 내용이 위치한다.

142) 수에즈운하(蘇西運河, Suez Canal)

143) 동방문제(東方問題): 19세기부터 20세기 초까지, 오스만 제국이 분해되면서 그 영토의 지배권을 둘러싸고 유럽 강국 사이에 일어난 외교 문제를 뜻한다. 그리스 독립 전쟁, 크림 전쟁, 발칸 위기, 보스니아 위기, 발칸 전쟁 따위가 일어났다.

144) 콘스탄티노플(君斯坦丁堡, Constantinople)

완전히 이해를 달리하고 있었다. 두 마리 토끼를 쫓는 자는 한 마리도 잡지 못한다. 자신도 모르는 사이에 제국의 대재상은 어떻게 이 어려운 지경에 처하게 되었을까. 러시아·튀르크 전쟁은 종국을 고했고 산 스테판[145] 조약이 체결된 후의 유럽은 실로 19세기 가운데 가장 싸움과 분규가 극심한 시대가 되었다. 국력 평형이라는 경구(警句)는 각국이 앞다투어 외치는 제목이 되었다. 무릇 멀리 떨어진 인도와 아프리카에 식민지를 경영하고, 가까운 지중해 연안의 제국(諸國)들은 모두 동유럽 문제에 관하여 간섭할 권리를 지니고 있었다. 독일도 아프리카에 영지를 얻어 점유했는데, 그곳은 영사가 불과 1개월 전에 튀르크의 신민(臣民)에 의해 참살당한 곳이었다. 이 또한 간섭할 구실과 이해관계와 권능을 갖지 않으면 안 되었다. 여기에 러시아의 남하정책에 반대하는 영국, 프랑스, 오스트리아, 이탈리아는 지금 독일의 전후 사정을 쏘는 듯한 시선으로 지켜보며 서로 연락하고 있었다. 비스마르크는 러시아와 열국(列國)들의 중간에 서서 거의 진퇴유곡(進退維谷)에 처하였으니, 이는 비스마르크가 열국회의를 베를린에서 개최하면서 굳이 자신의 입장을 명백히 하지 않았기 때문이었다.

1878년 6월 13일, 영국, 러시아, 프랑스, 독일, 오스트리아, 이탈리아, 튀르크, 그리스, 루마니아, 세르비아, 몬테니그로(국명)의 11개국은 독일 재상의 통첩에 응하여 사신을 베를린에 파견하여 러시아·튀르크 전쟁의 평화회담을 개최하였다. 디즈레일리, 고르

145) 산 스테판(산스데후, San Stefano)

차코프(러시아 재상), 안드라시[146](오스트리아 수상)(모두 인명) 등이 모두 참석하였고 비스마르크는 의장이 되었다. 그는 이 회의에서 평화를 유지하기 위해 지극히 노력하여 어떤 일이 있어도 결코 영국과 러시아 사이에 충돌이 발생하거나 또는 오스트리아와 러시아 간에 개전의 결과가 발생하는 등의 일이 없도록 조율하였다. 그러나 고르차코프와 비콘스필드[147](하나는 러시아 재상, 하나는 영국 재상)는 끝까지 서로를 수용하려 하지 않았고, 진작부터 세인들에게 알려진 바와 같이 영국 재상은 노하여 자리에서 떠나 외무대신 솔즈베리[148]를 따라 귀국길에 오르려 하였다. 비스마르크는 커다란 근심을 금할 수 없어 심혈을 기울여 한쪽에 대하여는 귀국 결정을 번복하도록 하고, 다른 한쪽에 대하여는 러시아 재상을 설득하여 백방으로 양보할 것을 종용(도움을 권한다는 뜻)하였다. 이같이 간신히 대파탄은 미봉(彌縫)되고 베를린회의는 끝을 맺게 되었다. 고르차코프가 격앙된 분노를 억누르고 러시아 수도로 돌아간 것을 빼고는 모두 베를린회의의 덕을 칭송하고 비스마르크의 은택(恩澤)을 칭찬하지 않는 자 아무도 없었다.

146) 안드라시(안또랏시-, Gyula Andrássy, 1823~1890): 오스트리아-헝가리 제국의 헝가리 출신 수상 및 외무장관이다. 베를린 회의(1878)에서 발칸 문제 조정에 핵심 역할을 했으며, 반러 외교정책을 주도했다.

147) 비콘스필드(비곤스후루도, Beaconsfield): 디즈레일리의 작위가 비콘스필드 백작이다.

148) 솔즈베리(사리스베리, Robert Gascoyne-Cecil, 3rd Marquess of Salisbury, 1830~1903): 19세기 말 영국의 3차례 총리를 지낸 보수당 지도자로, 제국주의 외교와 세력균형 정책을 통해 대영제국의 전성기를 이끈 인물이다.

베를린회의 이후의 독일과 러시아의 관계는 종래와는 양상이 크게 달라졌다. 고르차코프는 결국 프랑스 파리로 여행하여 그곳 정치가들과 밀약을 맺을 정도로 독일에 대해 적의를 품기에 이르렀다. 이에 비스마르크는 다음 해 10월 오스트리아 재상 안드라시를 방문하여 독오동맹(獨墺同盟) 조약을 체결했다. 이로부터 비스마르크의 정략은 양(陽)으로는 프랑스를 회유하고 음(陰)으로는 이탈리아를 수중에 잡고자 하였다. 1881년에 독일·오스트리아·이탈리아의 3국동맹을 조직했으며, 3년 후에는 스키에르니에비체[149]에서 독일·오스트리아·러시아의 3제동맹이 성립되었다. 고르차코프의 사망 후로 독일과 러시아의 감정은 점차 융해(融解)되어 다시 동맹을 형성하게 된 것이다.[150]

1890년 3월 29일 신제국을 창설하는 막중한 책임과 더불어 수성(守成)의 큰 임무를 일신에 지고, 완전히 종결한 재상 비스마르크 공은 베를린에서 추방되어 프리드리히스루(덩굴이 감싼 푸른 바위와 호수가 있는 마을의 지명)[151]의 삼림 속으로 물러나 살게 되었다. 사정의 인연(夤緣)[152]은 새 황제 빌헬름 제2세가 모든 직무를 친히 재가

149) 스키에르니에비체(스기루니와이스, Skierniewice)

150) 것이다.: 본문에서는 생략되었으나, 저본에는 이 대목에 이어 다음과 같은 화자의 설명이 등장한다. "그의 외교에 관한 공인으로서의 일생의 줄거리는 매우 간략히 줄여 이와 같고, 지금 여기에서는 순서에 따라 그 내용의 대요(大要)를 서술함이 타당하다고 생각되기는 하나, 쓸데없는 농담 식으로 넘어갈 우려가 있으므로 이를 제3장으로 넘겨서, 전술한 바와 같이 그가 관직을 버리고 사퇴하게 된 전말을 간략히 적어 신속히 약전(略傳)의 장을 닫으려고 한다."(46쪽)

151) 덩굴이 감싼 푸른 바위와 호수가 있는 마을 지명: 본문의 괄호 안에서는 "補蘿碧石浮村地名"(27쪽)으로 표현된 것을 의역하였다.

하겠다는 생각으로 말미암아 비스마르크를 배척할 필요가 생겼기 때문이다. 폰 부허[153](인명)는 일찍이 빌헬름 2세 황제에게 권하여 말하였다.

"폐하, 만약 프리드리히 대왕[154]의 위대한 명성을 이어받으시려면 비스마르크를 우선 축출해야 합니다."

능소(凌霄)[155]의 패기가 마음 속에서 흘러넘치는 황제는 폰 부허의 이 말을 경청하고[156] 힘을 다해 비스마르크의 권위를 깎아내리려고 하였다. 비스마르크는 자신이 재상의 지위를 담당하였으나, 각 성(省)의 부하들인 대신들까지도 걸핏하면 몇 번이고 황제에게 직접 아뢰는 경향이 있음을 보고는, 이는 재상의 직을 업신여기는 것이라며 불쾌한 마음을 견딜 수 없었다.

1852년 그는 정부령(政府令)[157]에 의하여 '향후에 대신인 자들은 재상의 감독권에 복종할 것이며 망령되이 황제와 정치상의 교섭을

152) 인연(夤緣): 넝쿨이 줄을 타고 뻗어 올라가듯이 뻗어나간 일의 원인이나 발단을 말한다.

153) 폰 부허(후혼 붓헤루, Lothar von Bucher, 1817~1892): 비스마르크의 핵심 비서이자 정치 조언가로, 독일제국의 언론 전략과 외교 문서 정리에 역할을 했다. 그의 행보를 미루어볼 때, 비스마르크의 축출을 건의했다는 본문의 서술은 사실과 어긋난다.

154) 프리드리히 대왕(후리또릿히大王, Frederick the Great): 프로이센의 국왕으로, 강력한 군사력과 행정 개혁을 통해 프로이센을 유럽 강국으로 성장시킨 계몽전제 군주로 알려져 있다. 7년 전쟁(1756~1763)을 승리로 이끌기도 하였다.

155) 능소(凌霄): 능소화(凌霄花)는 강한 생명력이나 기개를 상징하는 꽃이다.

156) 경청하고: 저본에는 "매우 핵심을 찌른 지언(知言)이라고 인정하여"(47쪽)라는 대목이 이어지나 여기서는 생략되었다.

157) 정부령(政府令): 저본에는 "각령(閣令)"(47쪽), 즉 내각의 명령이라 되어 있다.

하지 말 것'이라는 뜻을 유달(諭達)[158]하였다. 이 유달은 황제로 하여금 도리어 한층 더 악감정을 일으키게 하여, 결국 52년의 정부령을 폐지하는 데 이르렀다. 사태는 이미 이와 같은데, 때마침 1890년 3월 1일 중앙당의 당수 빈트토르스트[159](인명)가 비스마르크 공의 관저를 방문하여 촉구하며 말하였다.

"공이 만약 중앙당과 은밀한 교섭을 맺는다면[160] 중앙당은 비스마르크 공을 도와 황제에 대항하는 수고를 아끼지 않겠습니다."

비스마르크 공은 이 제안을 듣지 않았다.[161] 그리고 허망하게도 재상과 중앙당 당수의 사이에 밀약이 맺어졌다는 소문이 퍼지게 된다. 왕은 발끈하며 노했고 곧바로 내무대신[162]에게 명하여 이후로는 황제에게 상주(上奏)하지 않고 한가롭게 정객(政客)과 회견하지 말라고 전달하도록 하였다. 비스마르크는 대답하여 아뢰었다.

"신은 스스로 직무의 권한을 해석하오니, 직권을 옮겨 타인의 자유를 단속하옵소서."[163]

158) 유달(諭達): 관공서에서 사람들에게 연락하고 알려주는 것을 뜻한다.

159) 빈트토르스트(우인쏘도루스도, Ludwig Windthorst, 1812~1891): 독일제국 시기의 가톨릭 중심 정당인 중앙당(Centrum Party)의 지도자이다. 비스마르크에 맞서 종교 자유와 의회주의를 옹호한 인물로 알려져 있다.

160) 만약 중앙당과 은밀한 교섭을 맺는다면: 저본에는 "만약 중앙당에 화(禍)를 입히지 않겠다면"(48쪽)이라 되어 있다.

161) 공은 이 제안을 듣지 않았다.: 저본과 비교하여 상당 부분 축약되었다. 저본의 이 대목은 "공은 아마도 이 제안을 고사했을 것이다. 고사했기 때문에 그 회견이 있었다는 사실과 회견의 협의 사항이 세상에 공포되지 않게 된 것이리라. 사실 회견의 전말은 공표되지 않았다."(48쪽)라고 되어 있다.

162) 내무대신: 저본에는 "루카누스(내무대신)"(48쪽)이라 되어 있다.

163) 신은 스스로 …… 자유를 단속하옵소서.: 저본에는 "신은 스스로 직무의 권한을

15일 이른 아침 황제가 재상의 사택에 왕림하여 엄숙히 회견하고 자초지종을 힐책하며 말했다.

"이번처럼 경이 국헌(國憲)을 존중하지 않는다면 방자하게 민간의 정당인과 회담할 자유를 금지할 것이오."

비스마르크는 개탄하여 소리지르며 말하였다.

"신이 불민하다 하나 지금껏 신은 사사로운 일로 폐하를 근심케 하고자 하지 않았습니다."

황제는 벌컥 화내며 안색이 변하여 말하였다.

"그렇다면 군주로서 짐이 명함에도 경은 따르지 않겠다는 것이오?"

비스마르크는 냉정하게 답하였다.

"신은 선 황제의 명을 받들어 폐하를 보필하오니 그 마음이 잊히지 않아 대낮과 마찬가지입니다. 군주의 권한은 비록 존귀하나 지금 세계에서는 오히려 제 아내의 객실에 미치지 못하나이다."[164]

이는 황제가 자신을 싫어하고 꺼리는 마음이 있다면 신속히 한유자적(閑遊自適)의 생활로 들어가고자 한 것이다. 이때 황제는 크게 분노하여 옷소매를 뿌리치고 환궁하였고[165] 얼마 지나지 않아

해석하며 직무권한을 넘어 타인의 자유를 속박하는 일은 없나이다."(49쪽)라고 되어 있다. 즉 이는 황윤덕의 오역에 가깝다.

164) "신은 …… 못하나이다.": 저본에서 이 대목은 단순히 "군주의 권한도 제 아내의 객실에 미치지 못하나이다."로만 되어 있다. 즉, 사사카와 기요시는 황제에 대한 비스마르크의 태도를 더욱 반항적으로 묘사했으나, 황윤덕이 비스마르크가 예의를 갖추는 언설을 첨가함으로써 그 반항적 태도가 적당히 상쇄되도록 개입한 것이다.

165) 황제는 크게 분노하여 옷소매를 뿌리치고 환궁하였고: 저본에는 "황제는 환궁하

폰 헨케가 비스마르크 공의 저택에 도착하여 황제께서 공의 사직서를 기다린다는 연유를 전했다. 비스마르크 공은 칙명이 없다는 이유로 이 말을 거절했다. 다시 루카누스[166]가 당도했다. 공은 이렇게 말하였다.

"나는 게르만의 역사와 중대한 관계가 있는 사람이다. 마지막에 사직서를 매듭짓는 일을 맞아, 나는 먼저 어떤 이유로 사직하지 않으면 안 되는가를 상세히 알지 않으면 안 된다. 이는 역사에 대한 나의 책임이니 천천히 생각하고 하겠다."

이는 당일 즉시 사직서를 제출하라는 황제의 명령은 이 인정하지 않을 수 없는 뜻을 담은 말로써 부정되었다.[167] 결국 수일이 지나 그가 사직서를 올리며 말하였다.

"이처럼 내치와 외교의 중요한 업무가 많아 복잡한 때를 맞아, 재상이란 자는 결코 함부로 책임을 회피하려 해서는 아니 됩니다. 신(臣)은 선조께서 남기신 명령을 받들어 마땅히 스스로 충성을 다하겠습니다."[168]

였고"(49쪽)라고 되어 있었으나 황윤덕에 의해 과장된 묘사가 첨가되었다.

166) 루카누스(루가누스, Albert von Lucanus, 1829~1893): 독일제국 초창기의 언론인 겸 관료로, 비스마르크를 적극적으로 지지한 공보국장이었다.

167) 이는 당일 …… 말로 부정되었다.: 본문은 "此ᄂᆞᆫ卽日辭表ᄅᆞᆯ出ᄒᆞ라ᄂᆞᆫ帝命을不抗ᄒᆞᄂᆞᆫ意로言ᄒᆞᆷ이러라"(29쪽)라는 반대의 뜻에 가까우나 문맥을 고려하면 어색하다. 저본의 해당 내용을 미루어보면 오역일 수도 있고, 비스마르크의 반항적 태도를 축소하려는 황윤덕의 의도적 개입일 수도 있다. 다만 여기서는 오역으로 판단하고 저본 52쪽을 참조하여 수정하였다.

168) "이처럼 내치와 …… 충성을 다하겠습니다.": 이 대목 역시 비스마르크가 넓은 마음으로 상황을 수용하는 듯 보이게 한 황윤덕의 개입 흔적이 뚜렷하다. 저본에는

이는 비스마르크 공의 유임을 불허한다는 의의를 부연하여 장문으로 논한 것이었다.[169] 이 사직서를 올리니 황제는 재가한 후 비스마르크 공을 라우엔부르크 공작에 봉하고 또 식읍천호(食邑千戶)[170]를 하사하니, 비스마르크 공은 이를 사절하며 황제에게 말하였다.

"신은 여생이 얼마 남지 않았는데 어찌 봉토를 요구하며 라우엔부르크 공이 되고자 하겠습니까?"

3월 26일부터 29일까지의 3일간은 베를린에서 태고로부터 일찍이 본 적이 없는 장관(壯觀)이 나타났다. 비스마르크 공이 황제에게 절한 후 작별하고 또 역대의 왕릉에 고별하였으며, 마지막에는 베를린과 이별한 것이다. 이때 독일제국을 건설한 일대 호걸을 태운 말 한 필이 끄는 마차는 가는 곳마다 불타는 듯한 열정을 가진 조국 인민들에게 둘러싸였다. 화환이 비 오듯이 쏟아졌고, 만세 소리가 물결처럼 일어났다. 비스마르크 공이 마차에서 내려[171] 도보로 군중 사이에 들어가니 린덴[172] 가(街)에서 빌헬름 거리[173]에 이르

"다급한 이때에 내치와 외교의 중요한 업무가 많아 복잡한데, 재상이란 자는 결코 함부로 책임을 회피하려 해서는 안 된다. 나는 어디까지나 내 책임을 다해야 한다. 그럼에도 어찌할까, 칙명(勅命)이 나의 유임을 허락지 않는구나."(52쪽)로 되어 있다.

169) 이는 비스마르크 …… 논한 바였다.: 이 대목 또한 전술한 맥락과 유사하게 어조가 바뀌었다. 저본에는 "그의 사직서는 바로 이런 식의 내용을 펼쳐 진술한, 차라리 장문의 논문이었다."(52쪽)라고 되어 있다.

170) 식읍천호(食邑千戶): 식읍은 공신에게 국가가 내리는 고을을 의미하므로, 천호 분량의 식읍이 된다. 황윤덕이 선택한 표현으로서, 원래 저본에는 "허다한 봉토"(53쪽)라고 되어 있다.

171) 마차에서 내려: 저본에서는 이 대목 앞에 "결국 그 첫날 마차를 끌던 말은 마차 양옆의 나룻이 빠져버려"(53쪽)와 같이 비스마르크가 마차에서 내린 이유를 밝혀두었다.

는 동안 인민이 사방을 둘러싸고 모여 일대행진을 하게 되었다. 철과 같던 전 재상은 끝내 감정을 숨길 수 없어 주름진 얼굴에 두 줄기의 눈물이 흘러내렸다. 생각건대 이 같은 위용은 고금의 각국에서 처음 보는 것이리라.[174)]

이리하여 베를린은 천고(千古)의 영웅을 잃고, 프리드리히스루(일명 덩굴이 감싼 푸른 바위와 호수가 있는 마을)는 희세의 위인을 새로 맞이했다. 청한유료(淸閑幽邃)[175)]한 산간마을은 진정한 재상이 은퇴한 곳이었다. 공은 이로부터 문밖으로 나오지 않고 손님을 거절하였으며, 꽃을 심고 물고기를 키우는 것으로 낙을 삼았다.[176)] 각국의 정치가, 문학가, 신문기자 등은 함께 프리드리히스루의 한가한 촌락을 방문하여 예를 갖추어 절하였다.

비스마르크 공은 베를린에서 물러난 후 완전히 정계 바깥으로 몸을 뺐지만,[177)] 국사를 염려하는 마음은 수년 후에도 여전히 남아 카프리비[178)] 내각의 시정(施政)을 통렬히 논하기도 하였다.

172) 린덴(린던, Linden)

173) 빌헬름 거리(우이루헤룸 스도랏세, Wilhelmstrasse)

174) 것이리라.: 저본에는 이 다음에 "또한 역사가의 기록들을 읽고 처음으로 공의 호걸됨을 알아야 하다니."(54쪽)라는 내용이 이어진다.

175) 청한유료(淸閑幽邃): 맑고 한적하며 깊고 고요하다는 뜻이다.

176) 공이 이로부터 …… 낙을 삼았다.: 저본에는 없는 내용이다. 저본에서는 반대로 "이때부터 근대의 델포이가 되어"(54쪽)라며 오히려 손님을 적극적으로 맞이했음을 드러낸다. 참고로 델포이는 고대 그리스의 지명으로서, 아폴로 신전이 있어 신탁이 이루어졌던 곳이다.

177) 몸을 뺐지만,: 저본에는 "몸을 뺀 것은 아니었다."(54쪽)라고 되어 있다.

178) 카프리비(가푸리우이, Leo Caprivi, 1831~1899): 비스마르크 후임으로 독일제국의 제2대 수상을 지낸 군인 출신 정치가이다.

1893년 비스마르크 공이 병에 걸렸고 다음 해 약간 쾌유하게 되었다. 황제는 이를 축하하기 위해 프리드리히스루에 칙사(勅使)를 보냈는데, 이는 실로 군신 간의 감정[179]을 화목하게 하는 기회였다. 엎질러진 물이 그릇에 다시 차고, 떨어진 꽃이 다시 나뭇가지 끝에 피어오르며, 애체(靉靆)[180]한 따스한 기운이 모든 제국을 덮었다. 비스마르크 공의 나이가 84세에 이른 1898년 7월 30일, 흰 구름을 타고 옥경(玉京)[181]으로 올라가니, 국민이 그 공덕(公德)을 사모하여 키싱겐[182]에 철제 동상을 세워 비스마르크 공의 초상을 남기고 있다.

•제2 철혈정략(鐵血政略)

비스마르크가 포메라니아의 한 귀족으로서 극도로 산만하고 호방하여 아직 공직에 종사하지 않았던 시절이었다. 그는 고향을 떠나 스웨덴 남쪽 경계인 로돌프 토르네옐름[183] 씨의 집에 놀러 가, 좋아하던 수렵으로 세월을 보내고 있었다. 얼마간이 지나 이제 그 집을 떠나 귀향길에 오르려 할 때, 그 전날 밤에 토르네옐름과의

179) 군신 간의 감정: 저본에는 "두 사람의 감정"(55쪽)이라 되어 있다.

180) 애체(靉靆): 안개가 자욱히 피어오르는 것을 뜻한다.

181) 옥경(玉京): 하늘 위에 옥황상제가 산다고 하는 가상의 수도이다. 백옥경(白玉京)이라고도 하는데, 흰 구름은 이를 염두에 둔 것으로 보인다. 저본에서는 비슷한 표현인 "백옥루(白玉樓)"(55쪽)를 사용하였다.

182) 키싱겐(깃서겐, Kissingen)

183) 로돌프 토르네옐름(루쏘루스도루네루웨룸, Rodolph Tornerhjelm)

사이에 돌발적으로 한바탕의 토론이 벌어졌다. 이는 게르만 통일 문제에 관한 논쟁이었다. 종이 깨질 듯이 큰 목소리가 비스마르크의 호방한 폐부에서 내뿜어져 나와 깊은 산촌의 공기를 깨뜨렸다.

"게르만 연방은 반드시 통일되지 않으면 안 됩니다. 이는 단호히 제가 믿고 또 주장하는 것입니다. 저는 불민(不敏)하지만 후일에 연방 통일의 원대한 계획을 성취하여 조국의 광영(光榮)이 안팎으로 싹트게 할 것입니다."

그의 말투는 매우 힘 있고 음색은 대단히 웅장하였다. 이때의[184] 호언장담은 박지약행(薄志弱行)한 청년의 헛된 소리가 아니요, 진정으로 시세(時勢)를 통찰하고 자기 가슴에 담은 일대 포부를 표현하여 미래에 독일제국을 건설하고자 한 것이었다. 일찍이 학창 시절에 그의 지능은 동료들을 뛰어넘는 것이었다.[185] 그러나 그가 역사와 지리를 배우는 것은 이를 과학으로서 연구한 것이 아니요, 장래에 쓸 만한 자료와 실용 과목으로서 학습한 것이었다. 그중 역사와 지리를 더욱 좋아한 것은 장차 게르만 통일사업을 반드시

184) 이때의: 저본에는 여기서 "이 스웨덴의 숲속에서 내뱉은"(56쪽)이라는 표현이 이어지지만, 황윤덕이 생략하였다.

185) 박지약행(薄志弱行)한 청년의 …… 뛰어넘는 것이었다.: 황윤덕의 번역은 비스마르크의 미성숙했던 시절을 보여주고자 한 사사카와 기요시의 취지에 반하는 방식으로 이루어졌다. 저본에서 이 대목은 "박지약행한 청년의 18번에 속하는 탁상공론에 지나지 않는 것으로서, 진정으로 시세(時勢)를 통찰하여 자신의 능력에 기초한 일대 포부를 표현한 것으로는 느껴지지 않는다. 그는 결국 독일제국의 건설자가 되고 싶었는데, 그가 학창 시절에 얻은 지성의 계발은 어쩌면 그의 동료와 비교하면 오히려 크게 뒤지는 바가 없지 않다."(56쪽)라고 되어 있다. 즉, 『비사맥전』의 서술과는 대부분 반대의 의미다.

성취할 기초가 실로 여기서 말미암을 것이기 때문이다. 그는 나폴레옹 제1세 당시에 게르만의 산하가 그 말발굽 아래 유린당한 것은 제후국이 할거한 영향 때문이라고 해석했다.

비스마르크는 대학을 졸업하고 오랫동안 강호를 유랑했다. 때로는 사법관(司法官)이 되기도 했고 때로는 기병사관(騎兵士官)이 되기도 했다. 그러나 이들 모두가 자신의 가슴속에서 여러 해 동안 품어온 꿈을 실현할 수 있는 길이 아님을 깨달았다. 그는 친구의 충고를 믿고 받아들여 결국 민간 정치가의 득실을 꿰뚫어 보게 되었다.

무릇 비스마르크는 명문 귀족의 집안에서 태어나고 자란 사람이다. 일찍이 한 주에서 선택되어 주의회(州議會)의 의원이 되었고, 얼마 지나지 않아 프로이센 국회의 대의사(代議士)가 되었다. 이 무렵 그는 점점 그 호언장담이 실현될 날을 확신하게 된바, 당대의 사람들과 품은 뜻이 완전히 달랐던 한 명의 위인[186)]이었다. 이제 가슴에 품은 게르만 통일의 지름길을 향해 깊이 들어가니, 그의 생각은 '높은 곳에 오르기 위해서는 반드시 낮은 곳에서 시작해야 하며, 게르만의 통일을 기약하기 위해서는 우선 프로이센의 결속을 강화해야 한다.'는 것이었다. 그리하여 그는 민권의 확장을 반대하고 군비 확장에 찬동했으니, 이는 군권(君權)을 발동하기 위하여 통일의 큰 계획을 도모한 것이다. 프로이센 왕실의 신성함을

186) 위인: 저본에는 "變人"(58쪽), 즉 이질적인 사람이라고 되어 있던 것을 황윤덕이 "偉人"(32쪽)으로 바꾸었다.

유지하고 뿌리박게 하기 위해서는 민권의 진작을 억누를 힘이 필요했다. 그 필요한 바는 군대에 있었다.[187)]

비스마르크의 가계(家系)는 대대손손 무인이었다. 그가 어려서부터 시대의 흐름에 느낀 바가 커서 떨쳐 일어나고 용기를 북돋운 결과, 한 세대를 구원할 유일한 수단은 역시 무기의 힘이었다.[188)] 저 유명한 철혈정략은 이로 인하여 태동하였다.

철혈정략이라 함은 무엇인가. 국가에서 산 하나만큼의 철을 녹여 병기를 만들지 않으면 한 세대를 족히 흔들지 못하고 영웅이 몸속 절반의 피를 뿌리지 않으면 족히 백성을 구하지 못한다.[189)] 이 같은 정략은 비스마르크가 창안한 것이니, 철혈정략이라는 것은 무단(武斷) 정치의 의미이며, 전쟁 정략의 의미이다. 철화(鐵火)와 검광(劍光)의 사이에서 수만 명의 생명이 변하여 고골(枯骨)[190)]이 되게 하니, 이로써 국운을 열려고 하는 정책이다. 이 같은 정책은 반드시 비스마르크로부터 창시된 것은 아니요, 알렉산더,[191)] 시저,[192)] 나폴레옹 등 무릇 패업을 성취한 동서양의 영웅들은 대부분

187) 그 필요한 바는 군대에 있었다.: 저본에는 "그는 소리 질러 말하였다. "이 같은 힘은 바로 군대 이외에는 없다."라고."(58쪽)로 되어 있다.

188) 유일한 수단은 역시 무기의 힘이었다.: 이 대목은 저본(59쪽)의 문장을 따랐다. 본문에는 "一手段과乞武器力이니"(33쪽)라고 되어 있어, 번역자의 의도적 개입이 아닌 단순한 오역으로 판단하였다.

189) 국가에서 산 …… 구하지 못한다.: 저본에는 없는 문장을 황윤덕이 추가한 것이다.

190) 고골(枯骨): 시체의 살이 썩어 없어진 뼈를 뜻한다.

191) 알렉산더(아레기산싸아, Alexander the Great, BC 356~ BC 323)

192) 시저(시-자아, Gaius Julius Caesar, BC 100~BC 44)

모두 검을 휘둘러 공을 이룬 자였다.

지금 독일의 비스마르크가 운용한 정책에 대하여 철혈정략이라고 부르는 이유는, 생각건대 당시의 형세가 과거와는 달라져 인민의 말과 평화의 소리가 세상에 흘러넘쳐, 외교 문제가 오히려 내치 문제에 압도당하는 상태인 것과도 관련이 있다. 비스마르크는 강한 의지로 시세에 반대하는 정략을 집행하기 위해, 이미 나폴레옹 전쟁 이후로 창과 방패를 움직이길 꺼려하는 민중에게 특단의 주의를 야기하였고, 프로이센 국회에 참석하여 비로소 '철혈'의 두 글자를 사용하였다. 설령 비스마르크가 운용하는 정략이 고금의 호걸들이 시행했던 것과 비교하여 그 권모(權謀)와 기축(機軸)[193]은 이채로운 것이 아니라 해도, 그 정략은 실로 오늘날의 독일제국을 보존하는 방향과 가장 큰 관계가 있다. 이는 비스마르크의 경륜을 포괄하는 것이므로, 이제 간략하게 설명하겠다.

프랑스 대사 베네데티는 앞서 비스마르크를 비방하여 말하였다.

"유럽의 국민들은 제19세기 들어가면서부터 대전란의 재난에서 오래 벗어나 있었다. 지금 비스마르크 공은 빌헬름 황제와 은밀히 음험(陰險)한 모의에 골몰하며 후일의 재앙과 난리를 준비하기 위해 정예 군대를 양성하여, 돌연 기회를 틈타 일거에 덴마크를 쳐부수고, 다시 거병하여 오스트리아를 유린하며, 세 번째는 그 맹렬한 병마(兵馬)의 압력을 프랑스에 가해왔다. 프로이센 왕국이 일으킨

193) 권모(權謀)와 기축(機軸): 권모는 형편에 따라 꾀하는 계략, 기축은 활동의 핵심적인 부분을 의미한다.

피해가 이들 세 나라에 어떻게 이르렀던가.[194] 황제와 재상이 감히 평지에 파란을 불러일으켜 고금에 예를 볼 수 없는 무장평화(武裝平和)[195]가 출현하고 매년 엄청난 조세와 적잖은 장정들이 각국의 도처에서 징발되어 인류 문명의 발달이 저해되고 국민의 행복은 억제되었다. 아, 프로이센 황제와 비스마르크 공 모두가 평화의 도둑이며 문명의 적이 아니리오."

대저 이 대사는 절대적 야심가 나폴레옹[196]의 고굉지신(股肱之臣)[197]이다. 지금 비스마르크를 공정하게 논평할 자격을 가졌는지 아닌지는 모르겠으나, 비스마르크가 평지에 파란을 불러일으킨 사람이라는 한 마디는, 아마도 그 의도를 의심할 것은 아니다. 생각건대 비스마르크 공은 게르만 연방 통일을 위하여 덴마크, 오스트리아와 프랑스를 희생물로 삼은 사람이다. 그러나 인간이란 국민이 되어 태어난다. 이미 국민으로서 태어난즉 조국의 영광을 원하지 않고, 조국의 부강을 바라지 않을 자가 있겠는가. 하물며 우승열패(優勝劣敗)는 사회의 공통된 이치요, 적자생존(適者生存)은 인간 세상에서 항상 볼 수 있는 것이다. 이것이 비스마르크 공이 궐기

194) 프로이센 왕국이 …… 어떻게 이르렀던가.: 저본은 "프로이센 왕국의 발호 때문에 가련한 이들 세 나라가 어떻게 희생물로 제공되었던가."(61쪽)라고 되어 있다.

195) 무장평화(武裝平和): 본문에는 "武備의平和"(34쪽)로 되어 있으나 저본의 "武裝的平和"(61쪽)를 따랐다. 무장평화는 겉으로는 평화를 주장하면서 안으로는 군비를 확장하여, 각국 간에 군사력의 균형으로 평화가 유지되어 있는 상태이다. 일반적으로 통일 독일제국의 성립을 전후한 때부터 제1차 세계대전 발발까지 약 반세기 동안을 지칭한다.

196) 나폴레옹: 저본에는 "나폴레옹 3세"(62쪽)라고 되어 있다.

197) 고굉지신(股肱之臣): 팔다리와 같이 가장 신임하는 중신을 뜻한다.

하여 외교에서 기선을 제압하는 이유이고, 소위 평지에 파란을 일으킨 죄는 이로써 시세(時勢)에 부담시켜야 할 것이지 공이 알 바는 아니다.

1853년에 크림전쟁이 일어났다. 이는 러시아와 튀르크의 전쟁이다. 하지만 사실은 러시아와 다른 유럽 강국 간의 전쟁으로서, 그중에서도 영국과 프랑스 두 나라는 한쪽의 주전국(主戰國)[198]이었다. 당시 비스마르크는 프랑크푸르트 주차(駐箚)의 프로이센 사절이었는데, 오스트리아는 원래 러시아의 남하정책[199]에 반대할 필요가 있었기 때문에 프로이센을 꾀어내어 함께 영국, 프랑스와 동맹을 맺게 하고, 러시아의 발칸반도 통과를 들어 그 위법함을 힐책하며 군대를 움직이겠다는 조약을 체결하고자 하였다. 비스마르크는 힘을 다해 이에 맞서 본국 정부를 향해 결단코 러시아를 배척하는 동맹은 불가하다는 뜻을 헌언(獻言)[200]하였다. 이는 비스마르크가 보오(普墺)전쟁 개전에 대해 준비한 외교상의 첫 번째 단계였다. 또한 그는 당시에 이미 국가 백 년의 대계를 예측하여 이와 같이 설파하였다.

"게르만의 통일은 반드시 인종[201]과 풍습을 달리하는 오스트리

198) 주전국(主戰國): 저본에는 "主戰國"의 후리가나 위치에 "principal belligerent"(63쪽), 즉 '주요 교전국'의 영어 발음이 가타카나로 제시되어 있다.

199) 남하정책: 본문에는 "南侵"(35쪽), 저본에는 "南侵の政略"(63쪽)이라 되어 있는 것을 의역하였다.

200) 헌언(獻言): 임금에게 의견을 올려 말씀드리는 것을 뜻한다.

201) 인종: 본문에는 "인물"(36쪽)로 되어 있는데, 문맥을 고려하여 저본의 "인종"(63쪽)을 따랐다.

아를 제외하고 추진하여야 합니다. 눈앞의 연방의 패권을 오스트리아로부터 프로이센으로 가져오기 위하여 조만간 보오전쟁을 개시할 운명을 피할 수 없다면, 지금 러시아와 원수가 되어 적의(敵意)를 사는 것과 같은 망령된 생각은 금물입니다. 또한 무릇 크림전쟁의 효과로서 결국 러시아의 남하정책이 성취된다 하더라도 프로이센은 그로 인한 직접적 이해관계가 거의 없습니다. 혹은 연합국 모두의 승리로 돌아가더라도 프로이센이 이로 인해 얻게 될 이익 또한 많습니다."

비스마르크 공이 이처럼 프로이센 왕을 설득하여 오스트리아 정치가를 배척하게 되었다. 이로써 1856년 파리회의가 개최되었다. 오스트리아는 가슴속에 꽉 찬 분노를 풀 길이 없었고, 프로이센은 회의 참석 요구를 거절하였다. 형세는 이미 이처럼 양국의 화기(禍機)[202]가 이미 폭발할 지경에 이르렀다. 비스마르크는 섭정 빌헬름의 명을 받들어 러시아 주차 전권공사(全權公使)로 전보(轉補) 받았으며, 앞날의[203] 사변에 대비하기 위해 러시아 조정의 고관들과 관계를 지속하여 그들의 환심을 사고 있다가, 하루아침에 위급하게 도움이 필요해지면 그들을 프로이센과 우호 관계에 두어 완전히 국외(局外) 중립의 지위를 유지하게 하도록 준비하였다.

이때 사르데냐[204]의 재상 카부르[205]가 이탈리아 통일의 웅대한

202) 화기(禍機): 재앙이나 재난이 일어날 소지가 있는 기틀을 의미한다.

203) 앞날의: 저본에는 이 직전에 "공이가 내려쳐지려는 형세가 되자 또 갑자기 승진되었다. 이때부터 그는"(65쪽)이라는 대목이 생략되었다.

204) 사르데냐(사루찌니야, Sardinia)

계획을 품고, 나폴레옹 3세의 원조를 얻어 오스트리아에 거역하여 반기를 든 사건이 일어났다. 당시 비스마르크는 프랑스 및 사르데냐와 결탁하여 프로이센의 게르만에서의 지위를 진전시키게 되었다며,[206] 내심 오랜 세월의 숙원을 성취할 기회가 찾아왔음을 기뻐하였다. 다만 프로이센의 외교 정책은 비스마르크의 예상외로 도리어 오스트리아를 도와주는 쪽으로 흘러갔다. 그러나 이는 본래 프로이센이 이탈리아 정벌군의 지휘권을 얻고자 한 명예욕의 결과였으므로, 얼마 지나지 않아 프로이센과 오스트리아 양국 사이의 화합은 깨어졌다. 비스마르크가 일시적으로 불쾌함을 견딜 수 없었던 프로이센의 태도는 즉시 예전으로 돌아가게 되었다.

1861년 1월 프로이센 왕 프리드리히 빌헬름 제4세가 사망하고 빌헬름 제1세가 왕위에 등극하였다. 새 왕은 기본적으로 영화과예(英華果銳)[207]한 사람이었다. 호헨촐레른[208] 왕가의 대통을 승계하자 군제개혁에 크게 주의를 기울였고, 게다가 종래의 갑절로 군비를 확장함으로써 국력을 증진하는 계획을 세웠다. 그러나 그때 프로이센 의회는 재정이 군색하고 어렵다는 이유를 들어 이 제안을 부

205) 카부르(가우르, Camillo Cavour, 1810~1861): 이탈리아 통일을 이끈 피에몬테-사르데냐 왕국의 총리로, 외교와 근대화 전략을 통해 통일의 기반을 마련하였다. 통일 이탈리아 왕국의 초대 총리를 역임하였다.

206) 게르만에서의 지위를 진전시키게 되었다며,: 본문에는 "프로이센이 게르만의 지방에 진출하게 하였은즉"(37쪽)이라 되어 있으나 오역으로 판단하여 저본의 표현(65쪽)을 따랐다.

207) 영화과예(英華果銳): 겉모습이 빛나고, 과단성 있으며 날카롭다는 뜻이다.

208) 호헨촐레른(후헨쓰오루레룬, Hohenzollern)

결하였다. 왕은 결연히 의회를 해산하고 러시아에 있던 비스마르크를 소환하여 재상의 관직을 수여하려 하였다. 하지만 비스마르크는 대명을 받지 않았다. 이것은 당시 그의 깊은 계략에 기인한 것으로, 다가올 보오전쟁에 앞서 프랑스에 부임하여 일세의 괴물인 나폴레옹 제3세의 인물됨을 관찰해두고자 한 것이다. 파리에 입성한 그는 머문 지 90일 동안 나폴레옹의 성정을 세밀히 연구하였다. 이후 표연히 아비뇽으로 여행을 떠났고 그 여행 중에 재상으로 부른다는 명령을 받들어 베를린으로 귀환하게 되었다.

여행을 끝내고 고국으로 돌아왔을 때 아비뇽의 산중에서 구한 올리브나무의 가지를 가지고 회의장에 나타나 의원들에게 보이며 외쳐 말하였다.

"저는 프랑스 남쪽 지방에서 이 올리브나무 가지를 잘라, 진보파 여러분에게 평화의 표상으로서 드리기 위해 갖고 왔습니다. 그러나 저는 평화의 시대가 아직 도래하지 않았다는 것을 압니다."

위원회는 이 마지막 말을 듣고 모두 비웃었다. 비스마르크는 목소리를 높여 말하였다.

"오늘 제 면전에 제출된 문제는 의회에서의 연설과 의회의 의결에 의해서는 해결되지 못할 것입니다. 오로지 피와 철에 의해 처음으로 결정될 것입니다."

세상 사람들이 철혈정략이라는 글자를 관습적으로 사용하게 된 것은 바로 이 유명한 9월 29일 비스마르크의 연설로부터 시작된 것이다. 무릇 비스마르크의 대정(大政) 방침은 의회의 반대에 처하였으나, 비스마르크 역시 결사의 각오로 의회와 맞서 싸운 끝에, 결국 새 재상은 반대파의 영수(領袖)를 향해 결투를 신청하게 된다.(그 분노와 근심은 말로써 풀 수 있는 감정이 아니었다.)[209] 국가 전권주의를 휘두르며 극심하게 반입헌적 행위를 시도한 것[210]이 실로 이때였고, 암살의 표적이 된 것 또한 이때였다.

이때 비스마르크는 국회의 맹렬한 저항에 대해 추호도 굴복하는 기색 없이, 인민의 증오가 일신에 집중되고 위험한 형세가 목전에 다가오고도, 항상 그 마음을 굽히지 않았다. 어느 날 비스마르크가 말하였다.

> "바로 지금 천하의 민심을 만족시키기 위해서는 내가 먼저 교수대에 올라가는 것이 최선의 계책이다. 하지만 나는 그럴 수 없다. 단지 몇 년 뒤의 나를 보라. 반드시 나의 명성은 자자해질 것이고 천하의 사람들에게 환영을 받는 지위에 서게 될 것이다."

209) (그 분노와 …… 감정이 아니었다.): 본문에도 괄호로 처리된 부분이다. 단, 해석이 "그 분노와 근심은 말로써 결단하는 감의(感意)가 없지 않았다."(38쪽)와 같이 되어 문맥상 부자연스럽다. 이에 저본의 표현(68쪽)을 따랐다. 저본에는 괄호가 없다.

210) 반입헌적 행위를 시도한 것: 본문에서는 "立憲ᄒᆞ는動作이아님을試ᄒᆞᆷ"(39쪽)이라고 풀어서 서술하였는데 의미 전달을 고려하여 수정하였다. 저본에는 "非立憲的動作を試みる"(68쪽)라고 되어 있다.

비스마르크의 자신감은 이와 같았고, 또 그의 선견지명이 이와 같았다. 미래에 그는 폴란드 사건을 맞이하여 러시아의 환심을 얻고자 했기에 강대한 군대를 국경에 전진시켜 앞뒤에서 서로 압박하여 폴란드의 내란을 진정시켰다.

1863년 오스트리아 조정은 연방회의를 프랑크푸르트에서 개최하였다. 비스마르크는 프로이센 왕에게 권하여 참석을 거부하게 하였다. 이에 연방회의는 프로이센을 배척한다는 법안을 토의하게 된다. 이로 말미암아 다시 프로이센과 오스트리아 양국의 화기(禍機)가 발발하려 하였고, 또 이렇게 슐레스비히·홀슈타인의 논의가 일어나게 되었다가, 간신히 전쟁에까지는 이르지 않고 중지되었다.[211]

덴마크 전쟁은 당초 비스마르크가 예기치 않은 것이었다. 그러나 이미 분규는 일어났고 독일연방은 결국 이를 평소처럼 간과할 수 없었다. 이에 비스마르크는 프로이센이 지위를 확보할[212] 계책을 도모하였다. 오스트리아와 결탁하여 내심 덴마크를 일격에 쳐부술까 생각했지만, 런던조약을 파기했다는 질책을 받을까 두려워 우선 프로이센과 오스트리아가 제휴하여 연방의회에 의안을 제출하였다. 마땅히 런던조약에 의거하여 이 문제를 해결하자고 요청한 것이다. 무릇 사건의 기원은 덴마크의 아이델 덴마크 당이 당시에 세력을 얻어, 크리스티앙 제9세에게 신헌법의 실시를 촉구하고

211) 간신히 전쟁에까지는 이르지 않고 중지되었다.: 본문은 "드듸여戰爭을成ᄒᆞ니라"(40쪽)는 정반대의 의미이다. 오역이라 판단하고 저본의 71쪽을 참조하여 수정하였다.

212) 지위를 확보할: 본문에는 "地方을占領ᄒᆞᆯ"(40쪽)이라고 되어 있으나 수정하였다.

11월 18일에 슐레스비히를 덴마크령으로 편입한 데 있었다. 대저 연방회의는 원래부터 프로이센이 제기한 안건을 수용하여 지금 덴마크는 런던조약을 위반한 것이라고 결의하였다. 이로써 비스마르크는 후일의 열강의 간섭에 대한 구실을 얻었다.

결국 다음 해 1월에 덴마크 신헌법의 런던조약 위반을 명분으로 헌법을 폐지하라고 신청하니, 덴마크 정부는 듣지 않았다. 이에 오스트리아군 3만과 프로이센군 4만 6천은 장군 브랑겔[213]의 통제 아래 슐레스비히로 진군하니 군의 위용이 엄숙하였다. 5월에 휴전담판이 런던에서 열렸으나 성사되지 않았다. 6월에 프로이센의 프리드리히 카를[214] 친왕의 군대가 아르젠 섬에 상륙하였고, 프로이센 제독 야흐만[215]의 함대가 야스문트[216]에서 승리하였으며, 이어서 헬리골란트[217]의 해전이 벌어졌다. 연합함대는 또 대승을 거두어, 7월 18일 휴전조약을 맺었고, 10월 30일 비엔나조약이 체결되었다.

이 조약으로 덴마크 전쟁의 종언을 고하게 되었지만, 프로이센과 오스트리아 양국 간의 전승 보상은 해결되지 않은 문제에 속하였으므로, 미래에 양국은 공국(公國)의 계승 문제[218]에 관해 격렬한

213) 브랑겔(우랑쎄루, Friedrich von Wrangel, 1784~1877): 19세기 프로이센 원수로, 1848년 독일 3월 혁명 진압과 제1차 슐레스비히 전쟁에서 중요한 역할을 하였다.

214) 프리드리히 카를(후리또릿히강루, Friedrich Karl of Prussia, 1828~1885): 프로이센 왕가의 군인이자 전쟁 영웅으로 보불전쟁에서 군을 지휘하였다.

215) 야흐만(야하마룬, Eduard von Jachmann, 1822~1887)

216) 야스문트(야무슨또, Jasmund)

217) 헬리골란트(혜루〻랑도, Heligoland)

218) 공국(公國)의 계승 문제: 본문에는 “列國公共問題”(41쪽)로 오역되어 있어 저본

논쟁을 시작하게 되었고, 이로써 가슈타인[219] 조약이 체결되었다.

가슈타인 조약은 전후의 경영과 관리를 위해 1865년 8월 14일 연방들 사이에 체결된 것으로서 그 중요 항목은 바로 다음과 같다.

제1 프로이센과 오스트리아 두 나라는 슐레스비히와 홀슈타인 두 공국(公國)에 대해 공동주권을 보유한다. 다만 프로이센은 슐레스비히를 관할하고, 오스트리아는 홀슈타인을 관할하는 사항.

제2 오스트리아는 250만 탈러(Taler)로써 라우엔베르크를 프로이센에 양도하는 사항.

제3 렌츠베르크와 키일은 연방의 공유에 귀속시킨다. 특히 프로이센에게 키일을 관리하게 하고 홀슈타인을 통하는 철도와 전선은 프로이센이 담보하는 사항.

이 조약은 프로이센의 이익이 매우 컸다는 것을 알 수 있다. 이는 철혈재상의 공적에 속한다고 할 것이다. 하지만 오스트리아 및 연방에는 심히 불평등한 것이었다. 이러한 이유로 오스트리아와 다른 여러 연방국들은 프로이센의 확장에 반대하는 동맹을 조직함으로써 한바탕 대전쟁이 일어나게 되었다.[220]

(73쪽)을 따랐다.

219) 가슈타인(까스다인, Gastein)

220) 한바탕 대전쟁이 일어나게 되었다.: 저본에는 "다가올 한바탕의 격렬한 사태에 대비하게 되었다."(75쪽)로 되어 있다.

막막(漠漠)한 전운은 북해에서 발틱해에 이르는 유럽의 중원을 가로질러 덮게 되고, 시끄럽게 쏟아지는 갑작스런 비와 번쩍거리는 번갯불이 순식간에 덮쳐 왔다. 이때를 맞아 고립된 지위에 빠진 프로이센은 어떠한 계책으로 이 곤란에서 탈출할 것인가. 덴마크 전쟁부터 점점 재상의 수완에 존경하여 감복했던 국회는 또다시 불만의 소리를 보내왔고, 재정에 대한 고려없이 오로지 전승에 도박을 걸고자 하는 비스마르크의 행동을 비난하기 시작했다. 그러나 비스마르크는 여전히 비스마르크였다. 그는 추호도 마음이 꺾이지 않아 특기인 외교술로 남몰래 이탈리아를 농락하고 또한 나폴레옹 3세와 회견을 열어 대외중립의 약속을 체결하였다. 이 밀약은, 프랑스가 여러 해 동안 갈망해오던 라인 동쪽 연안의 땅을 할양하고, 프로이센은 덴마크 사건에 관한 공국들을 병합하고, 또 이탈리아는 베네치아를 부속령으로 할 목적으로, 오스트리아에 대하여 3국이 동맹을 조직하는 것이었다.

그러나 나폴레옹은 본래 약속을 중시하지 않는 정치가였다. 이로써 다시 오스트리아를 몰래 설득하여 오스트리아 군대가 전쟁에 승리하면 마땅히 슐레지엔[221] 땅을 프랑스에 양도할 것을 종용했다. 이때 그는 열강회의를 파리에 소집하여 양국 평화를 유지하기 위해 조율하니, 그 대가로서 쌍방으로부터 영지를 얻어내는 것 만한 일은 없다고 생각하였다. 그의 계책이 이에 이르자 깨닫고는 박수를 치며 그 묘책에 감탄하였다. 그는 곧바로 격문을 띄워 평화

221) 슐레지엔(시레시아, Schlesien)

회의를 개최하려 하였다. 그러나 이미 연방과 낌새를 상통하여 프로이센을 고립 지경에 빠뜨린 오스트리아는 프로이센과 더불어 무력 행사를 하려 하였으므로, 나폴레옹의 제의를 거절하고 평화회의의 계획은 그림의 떡으로 돌아갔다.

이로 인하여 먼저 오스트리아는 슐레스비히·홀슈타인의 국공(國公)을 아우구스부르크[222] 공으로 하여 독립 군주의 자격으로 게르만 연방에 가맹시키려 하였다. 그러나 비스마르크는 완고히 이를 듣지 않고 오스트리아 조정에 통첩을 보내니, 그 내용에는 만일 오스트리아가 새 가맹국의 육해공군을 프로이센의 관할에 두고 덴마크에 대한 방어를 위해 그 요지를 프로이센에 양도한다면 프로이센은 흔쾌히 오스트리아의 제의에 동의할 것이라고 하였다. 이는 새 가맹국에 독립된 자격을 허락하지 않는 것이니 이른바 보오(普墺)전쟁의 직접적 원인은 실로 여기 있었다. 이제 나폴레옹의 평화회의는 효력을 발휘하지 못하게 되었고, 오직 남은 것은 게르만의 두 호랑이가 전쟁에서 만나는 것뿐이었다.

1866년 6월에 비스마르크는 오스트리아에 선전포고를 발송하고 동시에 이탈리아도 또한 오스트리아에 전쟁을 청하였다. 오스트리아는 앞뒤로 적을 맞이하여 결국 쾨니히글래츠에서 한 차례 패배하고 다시 일어나지 못하였다. 이 결과를 보고 크게 놀란 사람은 나폴레옹이었다. 나폴레옹은 오스트리아의 대패를 예상하지 못했고, 한편으로는 프로이센의 진군을 저지하려 했고 다른 한편으

222) 아우구스부르크(아우싸스덴베루히, Augsburg)

로는 오스트리아 조정을 설득하여 중재(사이에서 일을 알맞게 처리하는 것)의 임무를 스스로 맡고자 하였다. 하지만 비스마르크는 나폴레옹의 야심을 간파하고 그 휴전 제의에 동의하지 않았을 뿐 아니라, 진실로 오스트리아가 전쟁의 배상을 제안할 때까지는 결단코 다른 나라의 간섭을 허용하지 않겠다고 말하였다. 그리하여 프라하 조약이 체결되었으나, 나폴레옹은 이때 베네데티 대사를 시켜 비스마르크에게 지난 번의 약속을 이행시키기 위해, 마인츠를 프랑스에 할양하여 프랑스에 양도하지 않으면 프랑스와 일대 결전을 각오해야 할 것이라고 하였다. 비스마르크는 당시 프랑스가 멕시코[223] 원정 때문에 아무리 하여도 프로이센을 향해 군사를 움직일 힘이 없음을 알고, 베네데티에게 답하여 말하였다.

"나는 속히 싸우고자 합니다."

비스마르크의 철혈정략은 두 번째 효력을 발휘하여, 프로이센은 현재 북독일연방의 맹주가 되었으며 또 게르만 제국을 조직하여 호헨촐레른 가로서 황실을 삼았다. 세 번째 철혈정략은 이에 이르러 마침내 운용된 것이다.

1867년 룩셈부르크 분규 사건이 있었다. 룩셈부르크는 앞서 게르만 연방에 가입한 공국(公國)이지만 새로운 북독일연방에는 참가하지 않았기 때문에, 프랑스 황제 나폴레옹 3세는 네덜란드에 요청하여 룩셈부르크를 프랑스에 병합하고자 먼저 프로이센군을 룩셈부르크에서 철군시키려고 하였다. 5월 열강들이 런던에 모여 유럽

223) 멕시코(墨西哥, Mexico)

평화유지를 위해 결국 6대 열강의 공동 보장 아래 룩셈부르크를 영세중립국으로 정하였다. 그들은 프로이센의 주둔 병력을 철수시키고 보루를 헐기로 결의하였다.

우리가 속히 싸우자고 단언했던 비스마르크는 이때 왜 런던회의에 굴복하여 팔짱을 낀 채 그 의결을 받들고 있었을까. 생각건대 당시 주전론은 오히려 국내의 여론이라고 할 수 없었다. 그러므로 감정을 억제하고 그 결의에 따른 것은, 남독일연방의 전후 사정을 고려했기 때문이고 또 하나는 오스트리아의 거동으로 인해 쉽게 출병을 허용할 수 없는 사정이 있었기 때문이었다.

그러나 남독일연방은 차츰 비스마르크의 손아귀에 농락당하여, 앞서 그는 파리 대박람회 참석을 위해 여행하기 전에 이미 북독일연방과 공수동맹(攻守同盟)을 체결하였다. 처음에 신독일연방 회의는 남북통일의 이상을 품고 속히 이를 실현할 것을 시도하려 하였다. 비스마르크는 아직 그 기운이 오지 않았다고 믿어 굳이 그 통일론에 귀를 기울이지 않았다. 이는 남부 독일의 여러 주들은 북부에 비해 민권사상이 발달했고 자유의 관념이 충만하였기 때문이다. 지금 경솔히 이들과 연합함은 득이 되는 계획이 아니며, 따라서 오직 눈앞에 필요한 것은 바로 공수동맹의 밀약을 이루는 데 있었다. 이 밀약은 나폴레옹의 머리 위에 일대 타격을 가하였다. 나폴레옹은 점차 낭패를 보고 질투와 통분(痛憤)이 마음속에 교차할 뿐이었다. 프랑스 국민들이 오랫동안 갈망해왔던 레 프롱티에르 나튀렐[224]이라는 라인강 동쪽 연안의 땅은 어느 날에 영유할 수 있으며, 쇠약해져 실패로 돌아간 멕시코 원정의 악명은 어느 날에 그

치욕을 씻을 것인가. 오히려 자신의 지위를 보전하기 위해서도 독일과 전쟁을 개시하지 않을 수 없음을 인식했다. 그는 전력을 기울여 오스트리아를 부추겨 프로이센에 대항하게 하였다. 그러나 교활한 비스마르크는 루마니아 국왕과 결탁하여 나폴레옹의 음모[225]를 오히려 방해하였다. 나폴레옹의 분노는 불타는 듯했고 하루라도 빨리 프로이센을 일격에 파멸시키기로 결의하였다.

비스마르크는 사태가 이미 이와 같음을 보고, 1852년 크림전쟁 후의 파리조약을 개정하여 러시아의 이익을 신장하도록 약정하였다. 그는 러시아 황제가 엠스에 왕림할 때 러시아 황제에게 알현을 요구하여 은밀히 러시아가 프로이센을 위해 뒤에서 도움을 줄 의무를 부과하는 비밀조약을 체결하였다. 이제 프로이센에게 있어 개전에 관한 준비는 완전히 정비되었다. 이때 스페인 왕통의 다툼이 일어나 여기에 라틴민족과 슬라브민족이 일대 충돌을 일으키니, 나폴레옹 대제의 명예를 짊어진 프랑스는 일패도지(一敗塗地)[226]하고 호헨촐레른 왕통은 영구히 독일제국에 귀속되었다. 비스마르크가 소싯적 스웨덴 남쪽 국경에서 토해냈던 큰소리는 조금도 그릇되지 아니하니, 그 선견(先見)의 자신감이 이와 같았다.

철혈정략의 효과가 이미 이와 같았고, 또 독일제국을 건설한 후에 그 정략의 운용을 상세히 고찰하면 곧 철혈이라고는 하지만 기

224) 레 프롱티에르 나튀렐: 프랑스어의 'Les frontières naturelles'을 음역한 것으로, 프랑스는 자연적으로 보호받는 국경을 가져야 한다는 이론이다.

225) 나폴레옹의 음모: 저본에는 "이 이루기 쉬운 그의 음모"(82쪽)라고 되어 있다.

226) 일패도지(一敗塗地): 여지없이 패하여 다시 일어날 수 없게 됨을 뜻한다.

실 이것은 프로이센을 위해 영원한 평화를 구하기 위한 수단이었다. 과연 그렇다면, 이를 고래(古來)의 영웅들이 관행적으로 해왔던 정략이라 하여 비스마르크 공이 창시한 것과는 관련이 없다고 하면 겉모습만 아는 것일 뿐이다. 아, 알렉산더의 지략, 나폴레옹의 업적이 위대하다면 위대한 것이지만, 그러한 지략과 그러한 업적을 기대하는 것은 단지 영역을 확장하고 판도를 전개함에 있을 뿐이다. 어찌 평화에 있겠는가. 대저 검은 검이라 하더라도 망령되이 사람을 베고 말을 벤 것이 그들의 검이요, 생명을 보호하고 재산을 완전히 보전하기 위해 사람을 베고 말을 벤 것이 곧 비스마르크의 검이었다.

•제3 국가사회주의

1878년 5월 11일에 운터 덴 린덴[227](거리이름)에서 사회당의 일원이며 이름은 회델[228]이라고 하는 자가 권총으로 황제 빌헬름 제1세를 저격했는데, 그 흉변(凶變)은 재상 비스마르크의 뇌수(腦髓)를 뼈아프게 자극하였다. 이로 말미암아 뜻밖에도 인류사의 신기원이라 할 수 있는 국가사회주의의 발흥이 촉진되었다.

헤델은 참으로 당시의 시정을 불평등하게 여겨, 출판과 언론[229]

227) 운터 덴 린덴: 독일어 'Unter den Linden'의 음역이다. 직역하면 '보리수나무 아래'로, 독일 베를린 중심부의 거리 이름이다.

228) 회델(헤제루, Max Hödel, 1857~1878)

229) 언론: 본문에는 "言語"(48쪽), 저본에는 "言論"(84쪽)라고 되어 있다. 문맥상

에 대해 위정자들이 가한 압력에 반항하여 행동한 사람일 뿐이었다. 비스마르크는 깨달았다.

'외교 수단에 의해서만, 철혈정략에 의해서만은 제국을 지탱할 수 없으니, 단지 지탱할 수 없을 뿐 아니라 이처럼 외교·철혈의 영광에만 의존한다면 황제의 일신에 위해를 미치게 되며, 전 제국의 운명을 위태롭게 만들게 된다.'

이것이 비스마르크가 깨달은 바였다. 그리하여 이때로부터 비스마르크는 위대한 외교가의 지위로부터 전속력으로 내치(內治) 정치가의 범위 가운데로 옮겨왔다. 이제 비스마르크의 안중에, 사회문제를 넘어선 큰 주제[230]는 보이지 않게 되었다.

만일 엄밀하게 논한다면 사회문제에 관해 비스마르크가 일정한 견해를 갖게 된 것은 이미 제국이 건설되기 전이었다. 이를테면 1863년 내무대신 벰베르크[231] 백작에게 비스마르크는 빈궁한 노년 노동자들의 보호에 관한 소견을 발표한 일이 있었다. 하지만 이는 단지 세상에서 흔히 보이는 빈민의 보호에 그친 것이었으며 국가사회주의로서 발동된 결과는 아니었다. 마치 저축을 장려하여 각자가 예상치 못한 변고에 대비해야 한다는 것처럼, 한 개인의 빈곤한 처지를 구제하는 것과 보통 비교할 수 있다. 그러나 헤델이 군주를

저본을 따랐다.

230) 사회문제를 넘어선 큰 주제: 저본의 표현(85쪽)을 따랐다. 본문에는 "社會問題에大題目은照見치아니ᄒᆞ얏ᄂᆞ니라"(49쪽)라고 되어 있으며 문맥상 부자연스럽다.

231) 벰베르크(오이렌쎄루히, Bernhard von Bamberger, 1822~1897): 독일제국 초창기의 유대계 자유주의 정치가이자 경제학자이다. 자유주의 재정 정책의 대표적 인물로 알려져 있다.

시해하려는 계획이 있고부터 비스마르크의 심중에는 사회당을 국가를 파괴하게 될 일대 악마의 세력이라 생각하여, 이를 진압하기 위해 차라리 국가의 힘으로 가난한 자와 약자들을 구호하는 것이 묘책임을 깨달았다.

국가사회주의라 함은 무엇인가. 1888년 4월 2일 국회에서의 비스마르크 연설에서는 다음과 같이 설명한다.

> "저는 기독교도들에 의해 통합된 국가를 환영합니다. 무릇 이러한 국가는 사회적 의무를 부담한다는 관념이 많습니다. 또 사회적 의무라는 관념은 국가의 단합을 공고히 하고 그 행복을 증진시키기 위해 필요한 것입니다. 세상에 가난한 자와 부자가 있고, 자본가와 노동자가 있음은 인생고락(人生苦樂)[232]의 장(場) 속에서 일반적인 것이다. 이처럼 인생에는 현격한 차이가 있으므로, 부자는 가난한 자를 가련히 여기고 자본가는 노동자를 구호할 필요가 생기게 됩니다. 만약 현격한 차별이 없다면 무슨 필요가 있어 자선의 가르침을 설명하겠습니까. 하지만 또 부자가 가난한 자를 가련히 여기지 않고 자본가가 노동자를 구호하지 않는다면, 국가는 신하와 인민에게 그 사회적 의무를 충실히 하게 하기 고유한 권력으로써 부자와 자본가에게 강제력을 가해야 합니다."

232) 인생고락(人生苦樂): 저본에는 "생존경쟁"(87쪽)이라 되어 있다.

국가의 힘으로써 가난한 자와 약자를 구호할 의무를 강행하고자 함이니, 이것이 곧 비스마르크의 국가사회주의였다. 이 주의(主義)에 의해 가난한 자와 부자의 투쟁을 완화한다면 국가의 운명을 추호도 염려할 일이 없었다. 비스마르크는 제국보험국을 설립하고 또한 제국보조금이란 것을 조성하고 그 일체의 비용을 자본가에게 부담시켜, 이에 의해 노동자의 재해를 구호할 계획을 세웠다. 1881년 2월 1일 그는 국회에 나가[233] 노동자재해보호법안에 관해 유익한 일장 연설을 시도하였다. 기독교의 교리를 응용한 주지(主旨)를 진술했고 이후 양로보험제를 제정할 것을 희망하였다. 그러나 불행히도 국회는 비스마르크가 고심하여 경영한 법안을 부결하였고, 사회민정당 중앙당은 함께 반발하며 말하였다.

"정부가 보험국을 설립하고 보조금을 비축해둔다는 것은 그저 제국의 권위를 증대시켜 그 결과 전제주의로 흘러갈 폐단이 없다고 할 수 없다."

이에 비스마르크는 엽연초 전매법의 이윤으로써 노동자의 재해와 노령보험에 사용하고 또 가산세업(家産世業)[234]이 없는 가난한 자의 재산에 충당하려 했으나, 이 또한 그 목적을 달성하지 못했다. 1884년 6월 27일 재해보험법안이 가결되었으니, 이는 비스마르크의 숙원이 처음으로 이루어진 것이다. 그 후에 질병보험과 양로보

233) 국회에 나가: 본문에는 "國會에提出亨"(51쪽)이라고 되어 있으나, 이후 연설로 이어지는 맥락을 감안하여 수정였다.

234) 가산세업(家産世業): 가문에서 대대로 물려 내려오는 직업, 가업을 뜻한다. 저본에는 "家産相續權"(89쪽)이라 되어 있다.

험의 여러 법안들이 확립되어, 국무경(國務卿) 마르샬이 국회에 나가 감격하는 심정으로 연설하며 말하였다.

> "이 만국의 법률 가운데 유례가 없는 사업을 완성한 우리 독일제국의 영광은 진정 어떤 것인가. 우리 제국이 일대 기원을 연[235] 공적은 건국의 대업과 비교해도 오히려 우월한 바가 있을 것이다. 노동자들은 희열(喜悅)의 정에 넘쳐 제국의 은혜에 감사할 것이며, 그리하여 그 감사는 더더욱 제국의 일치단결을 공고히 하는 유대가 되리라."

이는 과언이 아니며 당치않은 평가가 아니다. 그렇다면 비스마르크는 또한 창업의 공에 더하여 이 일대 영광을 담당한 사람이다. 하지만 보험법의 제정은 그가 국가사회주의에서 실현한 전체는 아니며, 이보다 앞서 그는 누차 국가 전업(專業)의 유리함을 말하였다. 국유철도의 범위를 확장했으며, 연초의 전매와 브랜디 전매의 법안을 제출했고, 특히 세제(稅制)개혁에 관하여 대단히 많은 가치를 두었다. 1878년 2월 22일의 조세는 천천히 부과해야 할 것이라는 연설, 1881년 3월 17일의 누진소득세 법안의 설명은 모두가 비스마르크의 소위 국가사회주의에서 나온 것이다. 생각건대 그의 이상을 말하자면 전국의 철도를 모두 국유로 하려고 했던 것이고,

235) 우리 제국이 일대 기원을 연: 저본에는 "우리 제국이 솔선하여 사상계(思想界)에 일대 기원을 연"(89쪽)이라 되어 있다.

연초와 브랜디와 곡물도 국가가 전매하여 투기 상인들의 매점(買占) 등에서 일어나는 가난한 자들의 고통을 구제하려 했던 것이다. 비스마르크는 조세 부과를 기어코 공평하게 하려는 뜻으로 누진법을 시행해야 한다고 주장하였다.

무릇 비스마르크는 국가가 인민의 사회적 의무를 강요하는 데 그치지 않고, 국가가 자본가들을 관리하게 하고자 하였다.[236)] 국가가 필요로 하는 것은 기선과 기차이니, 또한 기선과 기차를 주장함이 아니라 그 자본을 위함이다.[237)] 이것이 비스마르크의 이상이었다. 하루는 비스마르크가 말하였다.

> "나는 감히 내 계획이 즉시 성취될 것을 희망하는 게 아니다. 그렇지만 그것이 반드시 성취될 날이 있을 것임은 내가 굳게 믿는 바이다. 이는 나의 힘에 의존하는 것이 아니라 내 사업안에는 잠재된 진리의 힘이 있기 때문이다."

아, 철혈정략의 창설과 국가사회주의의 기원을 보건대, 실로 고금을 통틀어도 비스마르크와 같은 위대한 정치가는 없었다. 예링[238)]

236) 국가가 자본가들을 관리하게 하고자 하였다.: 저본에는 "자본가를 국가라는 거인 속에 흡수하려 하였다."(91쪽)라고 되어 있다.

237) 국가가 필요로 …… 자본을 위함이다: 저본과 다른 표현을 사용하였는데, 저본의 표현이 더 명쾌하다. 저본에는 "국가가 필요로 하는 것은 이를테면 기선과 기차이지, 기선의 선주나 기차의 소유자가 아니다, 즉 이를 요약하면 자본이지 자본가가 아니라는 것이다."(91쪽)라고 되어 있다.

238) 예링(이웨린쑤, Rudolf von Jhering, 1818~1892): 19세기 독일의 법학자로,

은 말하였다.

"로마는 세계를 세 차례 통일했으니,[239] 첫째는 시저에 의해 통일하였고, 둘째는 교황에 의해 통일하였고, 셋째는 유스티니아누스[240]에 의해 통일하였다."[241]

이미 지금 천하에서 무장평화를 필요로 하는 열강은 대부분 비스마르크의 철혈정략을 답습하지 않는 곳이 없고, 노동문제가 떨쳐 일어나고 있는 세계는 현재 동서양의 도처에서 국가사회주의를 응용하지 않는 곳이 없다. 그렇다면 비스마르크의 2대 공업(功業)은 세계를 풍미하였으니, 고금에 이와 같은 사람이 어찌 있으리오.[242]

사회적 목적을 중시한 법 이론(목적법학)의 창시자이다.

239) 로마는 세계를 세 차례 통일했으니,: 본문에는 "羅馬는三大世界를一統ᄒᆞ얏스니"(53쪽)라고 되어 있으나 오역 혹은 오식으로 보고 저본의 표현(92쪽)을 따랐다.

240) 유스티니아누스(쟈스디니안, Justinian I, 482년경~565): 동로마 제국(비잔틴 제국)의 황제로, 로마법 대전 편찬과 제국 영토 회복을 추진한 통치자이다. 그는 성소피아 대성당 건축, 법률 정비, 제국 중앙집권화로 비잔틴 황금기를 열었다.

241) "로마는 세계를 …… 의해 통일하였다.": 예링이 『로마법의 정신』(Der Geist des römischen Rechts)에서 로마법이 게르만법에 미친 지대한 영향을 다음과 같이 서술한 데서 가져온 것으로 추정된다. "로마는 세계를 세 번 정복하였다. 첫 번째는 무력으로, 두 번째는 종교로, 세 번째는 법으로 정복하였다."

242) 그렇다면 비스마르크의 …… 어찌 있으리오.: 원래 저본에서는 다른 방식으로 비스마르크를 상찬하였다. "그렇다면 비스마르크는 어떤 의미로 또다시 천하를 통일한 자가 아닌가. 하나는 그 세대에 있어서, 그렇다, 하나는 인격으로서. 두 가지로 세계를 풍미한 자는 고금에 유일하게 그뿐이라고 어찌 말하지 않으리오."(92쪽) 예링의 문장과 문맥이 이어지는 것은 저본이라고 할 수 있다.

•제4 비스마르크 공(公)론

○ 몇 년도 몇 시에 비스마르크 공이 뤼데스하임[243]에서 작은 배 한 척을 빌려 달밤에 만리(萬里)의 긴 강을 건넜다. 배가 강의 중류에 당도하자 옷을 벗고 갑자기 물결 속으로 뛰어들었다. 헤엄쳐 나가니 잠시 후 빙엔[244]의 부근에 도달하였고, 배 위에 올라 집으로 돌아왔다. 그는 일기장을 찾아 쓰기를, '비취는 것은 공중의 둥그런 달, 들리는 것은 몸에 스치는 금빛 물결 소리라. 아, 오경(五更)의 깊은 밤[245] 만뢰(萬籟)[246]가 고요한 때, 홀로 강물 위에 뜬 채 풍월을 독차지하니, 그 쾌감은 이루 말할 수조차 없는 것이다.'라고 하였다.[247] 일찍이 하루는 공이 프리드리히스루에 있으면서 말하였다.

"나의 심신(心神)이 고조되는 것은 이 적막한 숲속에서 조용히 앉은 채 딱따구리가 교목(喬木)을 쪼아대는 소리가 들릴 때이다."

그렇다면 공은 역시 천지의 적막함을 사랑하는 사람이었던가. 어떤 문인이 비스마르크 공에게 시인의 품성이 있다고 하였는데, 우리는 진실로 그 이유를 분별해보고자 한다. 그는 한편으로는 철

243) 뤼데스하임(루쎄스ᄒᆞ임, Rudesheim)

244) 빙엔(빈겐, Bingen)

245) 오경(五更)의 깊은 밤: 저본에는 단지 "深夜"(93쪽)라고 되어 있다. 오경은 새벽 3시에서 5시 사이를 뜻한다.

246) 만뢰(萬籟): 자연계에서 일어나는 여러 가지 소리를 뜻한다.

247) 하였다.: 저본에는 이 문장에 이어 "당시 이미 재상의 직책을 담당하고 있던 오토 폰 비스마르크 공이었다."(93쪽)이 나오지만, 황윤덕에 의해 생략되었다. 사사카와는 이 단락의 첫 문장부터 비스마르크의 정체를 감추었다가 이 대목에서야 드러낸 것이다. 그의 첫 문장은 "몇 시쯤 되었을까. 루데스하임에서 작은 배 한 척을 빌려 월야(月夜)에 만리(萬里)의 긴 강을 건너는 자가 있었다."(93쪽)였다.

과 피를 크게 소리친 정치가이고 다른 한편으로는 이른바 이러한 시인의 품성을 가졌으니, 이렇게 보면 비스마르크 공의 인격은 초연히 고금의 영걸 가운데에 우뚝 솟아있는 것이다.[248)]

○ 1870년 중에 프로이센과 프랑스가 전투를 시작하려 하던 차에, 공은 노이루핀[249)]에 체류하였다. 급한 전보를 접견하고 이틀 길을 하루에 달려 베를린으로 갔고 저녁쯤에 한 마을 가게에 이르렀다. 한 사제가 공에게 뵙기를 청하였는데 공은 사제에게 한마디도 하지 않고 차고 있던 검을 잡아 십자 형태를 땅에 그린 후 말을 달려 떠났다. 사제가 그 상황을 보고 비스마르크의 전쟁 개시의 결심이 이미 정해졌다는 것을 알았다. 생각건대 십자 형태는 곧 십자군의 뜻일 터이다.[250)]

○ 공은 검소한 것을 매우 좋아하였다. 거하던 가옥은 이미 오래되었지만 수리하지 않았고, 오직 정원 앞에 전나무 몇 그루를 심었다. 객실에 진귀한 애호품은 없었고, 벽에는 옛 현인 계이[251)] 씨의 초상화

248) 것이다.: 저본에는 이 문장에 이어 "티에르 공을 두고 흉노(匈奴)의 아틸라(Attila) 또는 게이세리쿠스(Geisericus)의 아류를 본받은 일개 만용객이라 평하는 것은, 무릇 대단한 오류가 아니지 않은가."(95~96쪽)이 나오지만 생략되었다.

249) 노이루핀(烏阿魯幾地, Neuruppin): 한자 고유명사와 베를린까지의 거리를 근거로 추정한 지명이므로 정확하지 않을 수 있다.

250) 본 일화부터 시작하여 총 6개의 일화는 사사카와 기요시의 텍스트에는 없는 내용들이다. 즉, 황윤덕이 별도의 저본을 참조하여 추가했다는 점에서 문제적이다. 저본의 출처는 알 수 없으나 고유명사의 표기 방식을 볼 때 중국어 문헌일 가능성이 크다.

251) 계이: 본문에는 "稽爾"(55쪽)로 나와 있다. 특정하기 어려워 그대로 음역하였다. 단, 독일 작센 출신의 찬송시 작가였던 파울 게르하르트(Paul Gerhardt, 1607~1676)일 가능성이 있다.

와 1871년 프로이센·프랑스 조약서 한 장을 걸어두고 있었다.

○ 공이 젊었을 때, 사관으로 있던 때였다. 하루는 두셋의 친구와 함께 한 다리 근처를 산책하고 있었다. 마침 한 마부가 강가에서 말에게 물을 마시게 하고 있었는데 발을 헛디뎌 갑자기 물에 빠졌다. 공이 보고 미처 옷을 벗지도 못하고 물속에 뛰어 들어가 잠시 후 그 사람을 구하여 데리고 물 밖으로 보냈다. 사람들이 그 협의에 감동하였다. 사람을 구한 공으로 은패(銀牌) 상을 얻었으니, 그 후에 각국 황금보석 훈장을 받아도 공은 모두 지니지 않았으나 오직 이 작은 은패만은 지니고 다녔다. 어느 때 모 공사가 보고 이상하게 여겨 물어보니 공이 답하였다.

"이는 내가 소년 때에 한 사람을 긴급한 상황에서 구한 이유로 얻은 상패입니다. 이로써 내 마음을 북돋우어 장년 때도 호기(豪氣)를 잊지 않고 있습니다."

공사는 이를 듣고 탄복하였다.

○ 공이 농사를 좋아하여 집에 한가로운 밭이 있으니, 일이 없을 때에 그 부인, 딸, 공자(公子)를 모아 그중에 대나무를 심고 채소를 모종하며 천지간에 이보다 더한 가정의 기쁜 일이 없다고 하였다. 이에 부인이 공에게 말하였다.

"공이 한 몸에 천하의 중임을 지고 마땅히 정치를 본업으로 삼았는데 하필 삽이나 바구니를 잡고 평범하게 야채를 재배하는 농사를 배워야겠습니까?"

이에 공이 웃고 답하지 않았다.

○ 공이 평생에 교유를 좋아하지 않아 연회를 사양하고 가지 않

으며 손님이 와서 오래 이야기하는 것을 즐기지 않았다. 사람들이 공에게 물었다.

“공이 손님을 싫어하시는데, 손님이 오래 앉아있는 것을 피하는 방법이 있습니까?”

공이 웃으며 답하였다.

“이는 매우 쉽습니다. 손님이 와서 오래 앉아있거든 먼저 하인들에게 부탁하여 부인의 명령을 전하되 긴급한 일이 있다고 말하게 하면 손님이 듣고 반드시 떠날 것입니다. 이는 손님이 오래 앉아있는 것을 피하는 한 방법입니다.”

이에 듣는 자가 크게 웃었다.

○ 공은 늘 이렇게 말했다.

“실질적인 정치가는 연설을 싫어하니 무릇 연설하는 사람은 천하의 익살스럽고 말 많은 사람이어서 이 사람은 반드시 어떤 일을 위하여 발로 뛰는 사람이 될 수 없다. 그저 잔재주에 집착하고 남의 것을 훔치는 무리다. 내가 수십 년을 겪어오며 이 무리의 속마음을 꿰뚫어 보았다.”

○ 공이 베를린에 있을 무렵 운터 덴 린덴 거리를 이리저리 거닐 때 한 흉한(兇漢)이 소지하던 권총으로 공에게 4차례 발사했는데, 모두 적중하지 않았다. 공은 몸을 던져 스스로 그 악한을 잡아 그를 경찰로 압송하였고, 홀로 유유히 빌헬름 거리의 저택으로 돌아왔다. 이보다 앞서 공의 저택에는 공을 찾아뵈려는 손님들이 객실에 가득 모여 공이 당도할 것을 기다리는데, 공은 역시 귀가하자 바로 응접실에 들어가 담소하며 추호도 평상시와 다름이 없었다. 그런

즉 탁자에 둘러앉은 모든 손님 중 한 사람도 몇 분 전 공의 흉변(凶變)을 알아챈 이가 없었다. 하지만 그 변고의 소식은 이미 시중에 소문이 퍼졌고 결국 사건이 소식이 궁궐에까지 도달하게 되었다. 노황제(老皇帝) 빌헬름은 크게 놀라 이에 거가(車駕)[252]를 급히 꾸미고 비스마르크의 사택으로 왕림하니, 이에 방을 가득 채운 담소객들은 비로소 공이 생사에 관련된 큰 변고를 당한 것을 알게 되었다고 한다.

노황제가 환궁한 후, 공은 밖으로 나가 관저 앞의 누대(樓臺) 위에 올라가 운집한 군중을 향해 연설하며 말하였다.

“여러분은 들으십시오. 우리 폐하와 우리 조국을 위해 저는 항상 신명을 바치고 있습니다. 무릇 나의 생전에 시신이 말가죽에 싸여지거나,[253] 혹은 가두에서 자객의 독수(毒手)에 쓰러지게 되는 것도 제가 선택할 수 없는 것입니다. 저는 어떠한 경우로 죽더라도 구질구질하게 눈감고 싶지 않습니다.”[254]

이 어찌 비스마르크가 가장 빛났던 한순간이 아니겠는가. 옛적에 베네딕트 스피노자[255]가 심사숙고하며 머리를 숙이고 거리를 걸

252) 거가(車駕); 왕이 타는 수레, 어가(御駕)라고도 한다.

253) 시신이 말가죽에 싸여지거나,: 마혁과시(馬革裹屍)라는 성어를 풀어쓴 대목이다. 전쟁터에서 살아 돌아오지 않겠다는 굳은 뜻을 비유적으로 이른다.

254) 구질구질하게 눈감고 싶지 않습니다.: 본문에는 “屑屑히瞑目코저ᄒᆞ노라”(57쪽)라는 반대의 의미로 제시되었다. 문맥상 오식으로 보고 바로 잡았다.

255) 베네딕트 스피노자(베네띄구도 스피노자, Benedict Spinoza, 1632~1677): 17세기 네덜란드의 철학자로, 근대 합리주의 철학의 핵심 인물이다. 다만 본문에서 언급된 스피노자 암살 시도는 총이 아니라 단검이라는 것이 정설이다.

어갈 때[256] 한 자객이 총을 들어 곧장 한 발을 쏘아 탄환이 스피노자의 옷을 스치고 지나갔다. 이에 스피노자는 머리를 들어 자객을 바라보더니, 다시 고개를 숙이고 변함없이 사색에 빠져 유유히 발걸음을 옮겼다고 한다. 비스마르크 공을 스피노자와 비교하면 나는 공의 태도가 오히려 미치지 못한다고 하더라도, 그 객실에 들어가 담소하며 추호도 변고를 본 기색조차 없었다는 것은 정녕 어찌 장하지 않으리오.

○ 예전에 독일군이 대형을 갖추고 파리로 입성하자 공도 역시 그 부대 뒤에서 말을 달려 나와, 드디어 개선문 주변에 당도했다. 패전국의 시민들은 무리를 이뤄 이를 말없이 보냈는데, 모두들 세상을 개탄하는 분위기가 얼굴에서 나타나지 않는 이가 없었고, 울분의 감정이 가슴속에서 불타지 않을 수 없었다. 그중 공장 기술자 한 명이 더욱 노기를 품고 공을 질시하다가 점점 근처까지 와서 자기 품속을 더듬어 공을 저격하려 하는 모양새였다. 공은 이를 보고 말머리를 돌려 그 공장 기술자 옆으로 와서 지극히 겸손한 어조로 그 꺼진 시가에 불을 빌려달라고 청했다. 언사는 대단히 겸손하였다. 격앙된 분노가 머리끝까지 치밀어있었던 도시의 애국자는 의외로 옆 나라의 대재상과 말을 주고받게 되어 심중에 크게 놀랐다. 이마에 오르던 노기(怒氣)는 잠시 수축하였고, 찡그리던 미간은 갑자기 펴져 용모가 지극히 쾌활해졌다. 이리하여 품속에 숨긴 흉기는 사용할 이유가 없게 되었다. 단지 한번 웃고 공의 등

256) 거리를 걸어갈 때: 저본에는 "프란첼 거리를 걸어갈 때"(97쪽)라고 되어 있다.

뒤를 바라보며 서 있었으니, 화를 복으로 바꾸는 것 또한 공의 담략 가운데서 나온 것이리라.[257]

○ 어느 날 공이 시골 별장인 바르친[258]으로 가기 위해 기차를 타고 베를린을 출발하여 슐라베[259] 정거장에 도착하였다. 때에 한 명의 여행객이 있어 공과 함께 열차에서 내려 옆에 있는 대합실 의자에 기대어 짧은 시간의 휴식을 취하려 하고 있었다. 공도 역시 그 옆에 앉았고 잠시 후 그 여행객은 공을 보고 은근한 시골 사투리로 말하였다.

"당신은 베를린에서 오셨습니까?"

공이 대답하여 말하였다.

"그렇습니다."

그 여행객이 다시 말했다.

"장사 때문에 여기에 오셨습니까?"

그러자 공은 반문하였다.

"당신은 무슨 장사를 하시나요?"

"저는 구두쟁이입니다."

"그런가요? 저도 구두쟁입니다."

이에 그는 깊은 산골짜기의 발자국 소리를 들은 듯한 얼굴빛으로 외쳐 말하였다.

257) 화를 복으로 …… 나온 것이리라.: 저본에는 "화를 복으로 바꾸는 공의 담력과 용기에도 역시 경악하지 않을 수 없다."(99쪽)이라 되어 있다.

258) 바르친(우루딘, Varzin)

259) 슐라베(수라웨, Schlawe)

"당신도 역시 제화공이시면, 베를린에선 틀림없이 번창하겠죠?"

공은 고마운 뜻을 나타내며 말하였다.

"염려해주신 덕택입니다."

이때 엄숙한 복장의 종자(從者)가 공의 앞으로 와서 머리를 땅에 닿게 두 번 절하더니 마차의 준비가 끝났음을 보고하였다. 공이 의자에서 일어나며 제화공의 어깨를 두드리며 말하였다.

"오늘은 서로 어울리지 못하였으니, 당신이 훗날 만약 베를린에 오신다면 빌헬름 거리 76호(총리대신 관저의 소재지)로 찾아와주세요. 거기가 곧 제 공장이 있는 곳입니다."

이렇게 말하고 즉시 밖으로 나갔다. 철혈재상의 변화가 또한 이렇게 지극히 기이하였다.

무릇 이와 같은 것은 비스마르크에게 시인의 품성이 있는 바이니, 다시 시인의 색채가 변하여 활극(活劇)의 인물이 될 터였다. 그러나 사람들은 그 시인의 품성이 있음을 의지하여 공을 흠모하는 것이 아니요, 우리가 비스마르크 공의 인물됨을 찬양하는 바는 우선 여기에 있는 것이 아니리라.[260)]

○ 공은 금세기 가장 위대한 정치가이다. 이것은 반드시 한갓 시운(時運)의 영향만으로 초래된 것이 아니다. 이미 공이 프랑스에

260) 그러나 사람들은 …… 것이 아니리라.: 황윤덕의 의도적인 선택인지 단순한 오역인지 불확실하나, 저본의 의미는 반대에 가깝다. 저본의 해당 부분은 다음과 같다. "그러나 사람들은 시적인 면에 의해 처음엔 흠모하며 존경하고, 결국엔 어떤 의미로 사랑하며 우러르지 않을 수 없게 되는 것이 아니겠는가. 우리가 비스마르크 공의 인물됨을 칭찬하고 찬양하려 하는 이유가 우선 여기에 있다."(100쪽)

공사로 파견되어 파리에 주재할 무렵, 대리공사 그라프 엔첸스베르거[261]라는 사람이 당시 고명한 인물들이 자필로 쓴 격언을 모아 한 권의 앨범을 만들었는데, 기조,[262] 티에르와 비스마르크의 처세에 대한 관점은 그중에서도 더욱 재미있었던 것으로 안다. 우선 기조가 글로 써서 말하였다.

나의 오랜 처세 경험은 내게 수많은 인내의 필요성을 가르쳤다. 그러나 하나라도 잊을 수 없다.

티에르가 다음에 기술하여 말하였다.

내가 얼마 되지 않는 공무상 경험에서 말하자면, 관대히 용서하고 인내하는 미덕이 내가 세운 기초방침이다.

마지막으로 비스마르크가 붓을 휘둘러 말하였다.

나란 존재는 많은 제반 사항을 망각하도록 가르치되, 오직 자기에 대해서는 매우 관대해지는 요령을 알려준다.[263]

261) 그라프 엔첸스베르거(ᄭᅮ리후 웬디웬베루히): 미상이다.

262) 기조(ᄶᅵ조-, François Guizot, 1787~1874): 프랑스의 역사학자이자 정치가로, 7월 왕정 시기 총리를 지내며 보수적 자유주의를 대표한 인물이다. 중산층 중심의 제한 선거제와 입헌군주제를 옹호하였다.

263) 나란 존재는 …… 알려준다.: 이 대목은 저본을 참조(102쪽)하여 번역한 것이다. 본문은 "余의存在홈은夥多히諸般事를忘却ᄒᆞ얏스ᄂᆞ獨히自己에向홀ᄲᅮᆫ아니라非常

이 비스마르크의 의기(意氣)는 아무리 하여도 앞의 두 사람이 미칠 수 없는 것이다. 생각건대 공이 사람을 굴복시키고 사람을 복종시키며, 전쟁에서는 가차 없고 외교에서는 적당히 생각하지 않는 것은 우연이 아니다. 지금 후세의 입장에서 이를 관찰하면 티에르는 결코 베르사이유의 담판에서 공을 능가할 수 있는 인물이 아니었다. 아, 누가 또 한만(閑漫)[264]히 공을 지목하여 시운을 타고 난 자라 말하겠는가. 공은 실로 일대 최적의 자격이 있을 뿐이다.

○ 베를린 회의가 생긴 후, 하루는 공에게 질문하는 자가 있었다.

"유럽 제일의 외교가는 누구입니까?"

공은 웃으며 대답하였다.

"저는 제일의 외교가가 과연 누구인지 지금은 당신에게 말할 수 없습니다. 하지만 비콘스필드 백작은 확실히 제2의 외교가가 될 것입니다."

이는 공이 스스로를 제1위로 추천한 풍자의 말이었다. 설령 공이 스스로 일세에 으뜸이라고 뽐내며 말하였다 해도, 이는 자신을 알고 한 말일 뿐이다. 어찌 세상의 자찬하는 자와 동등하게 볼 수 있으리오. 공은 정말로 세계역사에 기재된 외교가 중에서 가장 큰 인물이다. 타임즈 기자 찰스 로우[265]는 앞서 그 비스마르크 공 전기와 또 근래 『리뷰 오브 리뷰스』(Review of Reviews)에 반복하여 기

히寬大훈要領을知케훅노라"(61쪽)라고 되어 있어, 문맥이 자연스럽지 않다.

264) 한만(閑漫): 한가하고 느긋하다는 뜻이다.

265) 찰스 로우(자-루스 로우웨, Charles Lowe, 1848~1931)

재함으로써 공의 외교적 재능을 논하였다. 그중에 특별히 우리의 흥미를 느끼게 하는 한 소절이 있어 다음과 같이 써둔다.

파리를 겹겹이 포위하여 봉쇄했던 무렵, 제3공화정부를 건설한 자 중 한 사람인 파브르는 평화협상 위원의 임무를 받아, 비스마르크와 페리에르에서 회견하였다. 그때 비스마르크 공은 그에게 시가 담배를 권했지만 파브르는 원래 담배를 피지 않았으므로 곧바로 그의 호의를 거절했다. 공은 이에 파브르에 말하길, "귀하께서 흡연을 하시지 않음은 매우 유감입니다. 무릇 몹시 격렬한 교섭과 담판을 시도할 때 흡연은 매우 필요하며 저는 귀하께서 이런 때에 흡연하실 것을 희망합니다. 생각해 보면 사람은 흡연할 때 반드시 시가를 손가락 사이에 끼우게 되고, 이것을 떨어뜨리지 않기 위해 유의합니다. 그런즉, 이로써 격렬한 신체의 동작을 진정시킬 수 있게 되고, 게다가 심정적인 측면을 취하여 말한다면, 흡연은 결코 우리의 지능을 둔화시킬 우려도 없고 오히려 반대로 마음을 느긋하게 만드는 효능이 있습니다. 시가는 정말로 사람의 시운에 맞게 쾌락을 가져다주는 도구입니다. 지금 용과 같이 공중으로 솟아오르는 연기를 보십시오. 이것을 바라보면서 쾌감을 얻게 되며 동시에, 더더욱 정신이 안정되는 것을 느끼지 않겠습니까. 이미 눈으로는 굴곡을 그리며 변화하는 연기를 바라보고, 손으로는 시가를 가볍게 잡고, 그윽히 풍겨오는 향기는 코를 자극하고, 오감(五感)[266]은 즐거워 마치 취한 것 같으니, 사람이 여기 이르면 바로 극락입니다. 이와 같은 때에 있는 사람은 언행에 모나고 어긋난 부분을 수습하고 담판을 원만하게 이루게 합니다. 그러나 우리의 임무와 외교가의 임무는 항상 원만한 타협에 의해 비로소 성취되는 것이 아닐까요."

파리를 함락에서 구하기 위해 평화협상의 임무를 지고 격렬한 교섭을 시도하려고 온 파브르에게 공이 한 말은 바로 이 같은 것이었다. 우리는 이를 형용하여 넉넉한 여유가 있다고 하며 마음속의 광풍제월(光風霽月)[267]이라 할지니, 이러한 태도가 있기에 비스마르크 공이 진정 위대한 외교가라 말할 것이다.

○ 항상 혈기왕성한 공의 기질은 외교가에게는 금물이다. 이에 그는 감정을 억제했으며 억지로 냉담한 태도를 배웠다고 한다. 이러한 연유로 공은 프랑스 소설류를 휴대하면서 신경이 흥분될 때는 매번 이것을 펴서 읽었다. 사도바[268](쾨니히그레츠)의 대전 후인 7월 15일 한밤중에 브룬[269]에서 비스마르크를 방문한 프랑스 대사관의 서기관 모(某) 씨가 기재한 바에 의하면, 이렇게 번거롭고 바쁜 때에도 심야 2시를 맞도록 2자루의 촛불이 명멸하는 사이에도 공은

266) 오감(五感): 저본의 표현(104쪽)을 따랐으나 본문에는 "오내(五內)"(63쪽), 즉 '오장(五臟)'이라 되어 있다.

267) 광풍제월(光風霽月): 마음이 넓고 쾌활하여 아무 거리낌이 없는 인품. 황정견(黃庭堅)이 주돈이(周敦頤)의 인품을 평한 데서 유래했다고 한다.

268) 사도바(사도와, Sadowa)

269) 브룬(부루운, Brünn)

자리에 옆으로 누워 한창 프랑스 소설을 숙독하고 있었다고 한다. 세당 전투에서도 역시 저녁부터 새벽까지[270] 공은 프라비아의 논문과 『데일리 리프레시먼트 포 워클리스 챈스』[271] 두 책을 눈앞에서 열심히 읽고 있었다고 한다. 이렇게 정신을 단련한 비스마르크 공은 또 한편으로 각국의 언어를 통달하였다. 베를린 회의는 영어를 공용으로 사용했는데 이것은 비콘스필드가 내심 공을 괴롭히려는 저의를 드러낸 것이었다. 그럼에도 공은 주저 없이 이를 승인했다. 공은 또한 러시아어를 구사할 수 있는 능력이 있었다. 러시아 수도 주차(駐箚) 공사일 때 러시아어를 배우기 위해 노력하니, 사람들은 공을 향하여 이렇게 물었다.

"공은 무슨 이유로 이처럼 여러 나라의 언어를 배우십니까?"

이는 외교상 담판은 보통 통역관을 통해 교섭하는 것이어서, 반드시 공사가 타국의 언어를 알 필요는 없었기 때문이다. 공은 대답하였다.

"저는 러시아어에 정통하지 않으면 안됩니다. 진정한 외교상의 흥정은 통역관을 통해서는 도저히 수행될 수 없습니다."

공이 프랑스어에 통달하고 있었다는 증명은 장난 거리에 속하는 것이므로 새삼스럽게 기술하지 않겠다.[272]

270) 저녁부터 새벽까지: 저본에는 "거의 새벽까지"(106쪽)로만 되어 있다.

271) 데일리 리프레시먼트 포 워클리스 챈스: 'Daily Refreshment for Workless Chance'로, 본문에는 "쩨리례후례슈멘도후호와구리스디안스"(64쪽)로 음역되어 있다.

272) 공이 프랑스어에 …… 기술하지 않겠다.: 본문에는 "이는 공이 프랑스어를 통달했다는 증명이다."(64쪽)라고 되어 있으나, 문맥상 자연스럽지 않아 저본의 문장(107쪽)

○ 공은 순발력[273]이 뛰어났다. 순발력과 호걸이 어떤 관계가 있는가. 이 사건은 우리가 꼭 중요하게 여기는 것은 아니나 외교가로서 순발력의 필요성은 반드시 절실한 것이다. 다음의 일화는 심하게 우스갯소리 같은 것이지만, 다시금 공의 익살스럽고 활달한 풍모를 생각해 보는 것으로 족하다.

공이 프리드리히스루에 은퇴하여 지낼 때, 어떤 사람이 공의 정원에 들어가 영예로운 전 재상의 거주지를 구경한 기념으로 수목의 가지를 꺾어 가져가곤 하였다. 하루는 공이 밖으로 나와 정원을 배회하는데, 나무 아래에 있던 몇 명의 부녀자가 공이 있는줄도 모르고 연약한 손으로 막 가지를 꺾으려 했다. 공이 그 근방으로 와서 붙잡고는 파안대소하며 말하였다.

> "귀부인들, 한번 생각해 보세요. 제 정원에 온 사람마다 모두 부인들의 행동을 따라한다면 제 수목들과 나뭇잎과의 관계가, 마치 제 머리와 머리카락의 관계처럼 모두 대머리가 되어버리지 않겠습니까."

○ 지금 여기 기술하는 것은 공이 외교상 기밀을 지키기 위해 지극히 고심한 일에 해당한다. 공은 어쩌면 다소 곤경[274]을 면하기

을 따랐다.

273) 순발력: 본문의 "敏才"(64쪽)를 의역하였다.

274) 곤경: 저본에는 "非難"(110쪽)이라 되어 있다. 비스마르크의 평가와 관련하여 부정적 어휘를 최소화하기 위해 개입으로 판단된다.

힘든 흔적이 있어도 알려지지 않을 것이다. 이는 공이 외교 관련 사건에 대해서는 타인을 신뢰하지 않고, 유일하게 가족 및 친척들에게만 의뢰하였기 때문이다. 장남 헤르베르트 백작은 공의 첫 번째 비서관이었고, 조카딸 란차프[275] 백작과 차남 빌헬름 백작은 모두 공이 팔다리처럼 신임하는 수하였다. 특히 란차프 부인은 공의 장녀로, 공에게 가장 절실한 외교기관에 채용한 사람이었다. 부관(副官) 정치, 막료(幕僚) 정치 등의 말로 보자면 흡사 공의 정치는 친족 정치의 모양이었다.[276]

○ 공은 위대한 외교가로서의 자격을 갖추었고, 또한 실제 위대한 외교의 사업이 있었다. 그러나 공은 외교가로서만 존재한 것이 아니라 내정에도, 또한 소위 의원 정치가 중 다수의 역사적 인물 가운데서도 걸출하였다. 공은 학자를 사랑하는 사람이었다. 아니, 학자를 이용하는 사람이었다.[277] 이러한 이유로 공의 재위 기간 수십 년 동안 경영한 내치의 사업은, 그 가운데서도 특별히 경제학과 재정학의 발전에 막대한 공헌을 하기에 이르렀다. 아돌프 바그너[278]

275) 란차프(랑쓰아우, Countess Rantzau)

276) 모양이었다.: 저본의 경우 이어지는 다음 내용이 있다. "만약 우리가 억측해본다면, 카프리비 등이 그늘에서 신 황제를 강하게 사주하여 공의 은퇴를 촉구하도록 만든 요인 가운데 하나가 또한 여기에 있지 않다고 할 수 없지 않을까."(110쪽)

277) 아니, 학자를 이용하는 사람이었다.: 본문에는 "不學者도利用ᄒᆞᄂᆞᆫ人이오"(66쪽), 즉 "학자가 아닌 자도 이용하는 사람"이라고 되어 있지만, 저본인 "否學者を利用するの人なりき"(111쪽)의 맥락에서의 "否"은 앞 문장과 연계하여 '아니', '좀 더 정확히 말하자면'의 연결 어구로 간주하는 것이 타당하여 수정하였다.

278) 아돌프 바그너(아도루후 우네루, Adolph Wagner, 1835~1917) : 독일의 경제학자이자 재정학자로, 국가 개입의 필요성을 강조한 '바그너의 법칙(Wagner's Law)'으

는 금세기 경제재정학의 태산북두(泰山北斗)와 같이 앙모하였다.[279)]

○ 생각해 보면 위아래로 수천 년 동안 영웅호걸로서 일컬어지는 사람은 그 수가 굉장하더라도, 비범한 애연가, 비범한 음주가임에도 일찍부터 정신과 육체의 피로를 돌아보지 않고 지극한 성실함이 비스마르크 공과 같은 자는 정말로 특이한 괴물이라고 칭할 수 있다. 하물며 40년간의 공직 생활 중 태반은 끊임없이 재상으로서 내외의 격무와 마주하였으니, 고금의 정치가에 있어서 유례를 찾아볼 수 없을 것이다.

○ 누가 비스마르크를 리슐리외[280)]와 비교하며, 누구 비스마르크를 글래드스턴[281)]과 비교하겠는가. 비스마르크는 두 인물보다도 또 한 걸음을 뛰어넘은 호걸이다. 리튼[282)] 경(卿)은 연설 중에 비스마르크의 술회를 인용하며 말했다.

로 유명하며, 학문 발전에 큰 영향을 끼쳤다.

279) 아돌프 바그너 …… 같이 앙모하였다.: 저본에서 이 대목은 "아돌프 바그너는 금세기 경제재정학의 태두(泰斗)가 아닌가. 그리고 그를 고문으로 두어 친히 그의 말을 경청한 것은 바로 비스마르크 공이 아니었던가."(111쪽)와 같다. 즉, 원래는 아돌프 바그너를 고용한 비스마르크의 안목을 상찬하는 대목이었는데, 황윤덕의 개입에 의해 마치 아돌프 바그너가 비스마르크의 공적을 존숭한 것 같은 문맥이 되었다.

280) 리슐리외(리셰류-, Armand Richelieu, 1585~1642): 프랑스 루이 13세의 국무 총리이자 추기경으로, 절대왕정 강화와 국가 중심 외교의 기틀을 세운 정치가였다.

281) 글래드스턴(ᄭᅳ랏쏘스돈, William Gladstone, 1809~1898): 영국 자유당을 대표하는 정치가이자 총리로서, 의회 개혁, 아일랜드 자치, 도덕 중심 정치를 강조하였다. 19세기 영국 자유주의를 대변하는 인물이다.

282) 리튼(릿돈, Bulwer Lytton, 1803~1873): 영국의 소설가이자 정치인으로, 빅토리아 시대 대중문학을 이끈 작가이자 식민지 정책에도 영향을 준 인물이다.

내가 시행한 것이 그 의원 정치가(즉 글래드스턴)가 경영한 사업에 미치지 못한다면, 내가 어찌 감히 편안한 마음으로 내 조국 동포에 대한 면목이 있겠는가.

경(卿)은 비스마르크를 금세기 최고의 정치가라 믿었다.[283)]

○ 크리스피[284)]가 3국동맹 사건으로 프리드리히스루로 공을 방문하여 잠시 머물 때 어느 날 저녁 공에게 말하였다.

"저는 역사상 아직 각하와 아드님[285)]처럼 부자(父子) 대정치가는 일찍이 본 적이 없습니다."

공은 곧바로 이를 논박하며 말하였다.

"아닙니다. 우리에 앞서 피트 부자[286)]가 있습니다."

이를 읽는 자는 공이 피트를 자신과 비교한다고 생각하지 말 것이다. 공이 어찌 피트에 미치지 못하겠는가. 생각건대 피트는 오히려 필적하기를 꾀하기에 쉬운 대상이지만, 후세 사람들이 비스

283) 믿었다.: 저본에서는 "나 또한 동감하지 않을 수 없다."(112쪽)이라는 문장이 이어지지만, 본문에서는 생략되었다.

284) 크리스피(구리스피-, Francesco Crispi, 1818~1901): 이탈리아 통일 운동에 참여한 급진주의자이자, 통일 후 총리를 지낸 정치가이다. 강경한 내정·식민지 정책을 추진하였으며, 독일, 오스트리아와 3국동맹을 맺기도 하였다.

285) 아드님: 본문에는 "令娘"(67쪽), 즉 '따님'이라 되어 있지만, 이어지는 "부자간"이라는 내용으로 보아 '남의 아들을 높여 이르는 말'인 저본의 "令息"(113쪽)이 바른 표현이다.

286) 피트 부자(피쓰도父子): 영국의 정치가 윌리엄 피트 부자를 뜻한다. 대 피트(William Pitt the Elder, 1708~1778)와 소 피트(William Pitt the Younger, 1759~1806)로도 부른다. 부자가 모두 총리를 지냈다.

마르크 공과 같이 되고자 함은 불가능할 것이다.

○ 리슐리외는 참으로 호걸이다. 루이 14세를 도와 신제국을 건설한 영웅이니, 존왕충군(尊王忠君)의 가르침을 근본으로 주장하는 사람이요, 전쟁으로써 왕실의 존엄을 얻어낸 정치가였다. 이를 두고 세상에는 간혹 공을 리슐리외에 견주려는 이가 있다.

하지만 이는 외형론에 불과할 뿐이며, 그 유사함을 말하는 것일 뿐이다. 금세기에 재상의 자리에 오르는 자는, 안으로는 국회의 포효, 밖으로는 열강의 손톱과 어금니가 서로 그를 실패의 나락에 빠뜨리려고 틈을 노리지 않는 법이 없었다. 그러나 20년간 내치와 외교의 중책을 담당하여 아직껏 꺾이지 않고 휘지 않은 것은 카르디날 리슐리외가 필적하지 못할 바이다.

여기서 리슐리외와 비교하여 갑자기 공의 인물론에 관해 생각건대, 공의 신앙과 공의 종교와 공의 충군애국주의(忠君愛國主義)를 약술하지 않으면 안 될 것이기에 논하고자 한다.

공의 증조부는 일찍이 프리드리히 대왕을 따라 전쟁에서 죽었던 명예로운 자였고, 공의 부친도 역시 근위사관으로서 대왕의 총애를 받았다. 그러므로 공의 모친인 빌헬미나는[287] 노황제 비스마르크가 제2의 어머니처럼 경모한 부인이 되었다. 공이 어린 시절부터 부모로부터 이어받은 존왕애국(尊王愛國)은 공의 가슴속에 젖어들어 있었다.[288] 이러한 연유로 프로이센의 민회에서도 공은 시종

287) 빌헬미나는: 저본의 경우, 이어지는 내용에 "모두(冒頭)에서 이미 기술한 바와 같이"(115쪽)가 있다.

왕실의 존엄을 확장하는 데 힘썼다. 그 가운데 상수(相綬)[289]를 달게 되고서도 역시 마음을 기울여 제왕의 권력을 지지하려 노력하였다. '프로이센에서 제왕의 권력은 신이 내려주신 것이다. 인민은 본래 제왕 아래에서의 무한한 복종의 의무가 있다'는 것이 공의 평생의 주장이었다. 공은 독일제국의 재상이 된 이후로부터 사실은 군주의 충복이었던 것이다.[290] 공의 나이 84세에 이르러 프리드리히스루의 임정(林亭)에서 사망하였는데,[291] 미리 집안사람들에 유언하여 이렇게 말하였다.

"내 분묘는 노황제 빌헬름 폐하의 묘 옆에 세우고 비문(碑文)으로는 '폐하의 충복 비스마르크의 묘'라고 새겨라."

공이 현세를 역책(易簀)[292]할 때를 맞으며 원한 것은 이와 같았다. 공이 살아 있을 때 새 황제와 불화하고 걸해(乞骸)[293]하여 초야에 있었으나 그 마음은 항상 국사(國事)에 연연하여 조금도 황제를 적대시하지 않았으며, 지극한 정성으로 나라의 은혜에 보답하니

288) 존왕애국은 공의 가슴속에 젖어 들어 있었다.: "존왕의 감화를 지금부터 이를 살펴보려 하는 이유도 헤아리고도 남음이 있다."(116쪽)

289) 상수(相綬): 관인의 끈을 의미하는 인수(印綬)와 같은 개념이다.

290) 공은 독일제국의 …… 충복이었던 것이다.: "공은 독일제국의 재상이라기보다는 사실 차라리 군주의 충복이라고 하는 것이야말로, 어쩌면 핵심을 꿰뚫고 있는 표현이라는 것도 알 수 있으리라."(116쪽)

291) 사망하니,: 본문에는 "몰홀시"(69쪽)라고 되어 있으나 저본에는 왕이나 왕족, 귀족 등이 죽을 때 일컫는 "홍서(薨逝)하니"(116쪽)로 되어 있다.

292) 역책(易簀): 학덕이 높은 사람의 죽음이나 임종을 이르는 말이다.

293) 걸해(乞骸): 군주에게 바친 몸이지만 늙어빠진 뼈만은 돌려 달라는 뜻으로, 늙은 고관이 군주에게 사직원을 낼 때 사용한다.

추호도 사심이 없었다.[294)]

○ 앞서 쾨니히그레츠 전쟁 때에, 노황제는 탄환이 비오듯 퍼붓는 와중에 서서 움직이지 않으니, 그 위태함이 경각에 있었다. 공은 근심이 극에 달하여 황제에게 위험한 곳에서 벗어날 것을 간청하였다. 황제는 숙연히 공에게 말하였다.

"짐의 병졸은 짐의 조국을 위해 몸을 돌보지 않고 사지에서 분투하고 있소. 짐이 어떻게 혼자 몸을 안전한 곳에 둘 수 있겠소."

공은 감동하여 눈물에 목이 막혀 황제를 올려다볼 수 없었으나 다시 목소리를 높여 간하였다. "하오나 신이 재상이 되어 폐하의 위기를 방관한다면 무슨 면목으로 폐하의 국민을 대하겠나이까."

노황제는 어쩔 수 없이 말머리를 돌려 떠났다. 황제는 일세의 명군이었으므로, 마음속에 그가 통솔한 대군을 버리고 돌아가는

294) 공이 살아 있을 때 …… 사심이 없었다.: 저본의 내용을 상당히 압축한 서술이다. 특히 저본의 해당 대목은 일본 역사를 통한 비유도 포함되어 있어 주목을 요한다. "그 참된 정성은 차라리 가련한 것은 아니라 할 것이다. 생각건대 공이 현 황제와 다투고 노기가 머리끝까지 올라올 정도로 맹렬히 화내며, 홀연히 걸해(乞骸)하고 하야했고, 그리고 자칫하면 때로는 국가의 기밀을 누설할 수도 있었겠지만, 충정으로 황제를 적대시하지 않았으며, [황제 또한] 때때로 지극한 정성으로 공에게 보답하였으니, 추호도 사심 없는 몸이었다. 그럼에도 반대당 일파가 그를 함정에 빠뜨리는 바 되었는데, 무정하게도 새 황제도 역시 그들을 믿고 자신을 의심한 것에 대해 분노했기 때문일 뿐이었다. 이것을 공의 경력과 공훈과 지위에서 생각해 보면, 정성스럽게 살펴보아야 할 것이며, 그렇지 않으면 이 사례를 들어 공의 존왕심을 의심하는 자는 예컨대 세이난전쟁(西南戰爭)을 두고 난슈(南洲)의 불충을 논하는 것과 유사하며, 식자들은 이에 동의하지 않을 것이다."(116~117쪽) 참고로 세이난전쟁은 1877년 일본 서남부의 가고시마의 규슈 사족인 사이고 다카모리를 앞세워 일으킨 반정부 내란을 뜻하며, 난슈는 세이난전쟁을 일으킨 사이고 다카모리(西鄕隆盛)의 호이다.

것에 견딜 수가 없어, 말을 모는 속도가 대단히 느렸다. 이에 공은 신고 있던 장화를 들어 한 차례 걷어차 박차로써 황제의 말을 찔렀고, 말은 힘차게 질주하여 노황제가 호구(虎口)에서 탈출하게 하였다. 이 순간의 광경은 실로 공의 인물됨을 설명할 만한 것이다.[295]

공이 황제를 따라 싸움터에 있을 때 때로는 볏짚을 덮고 잤고, 보헤미아[296]의 진중 같은 곳에서는 젖먹이의 요람(어린아이 때의 놀이기구)을 빌려 밤을 세운 적도 있다고 한다. 훗날 한 사람이 물었다.

"어떻게 그 속에서 누울 수 있으셨나요?"

공은 대답하였다.

"저는 품속의 단검처럼 몸을 구부리고 잤습니다."

아, 공은 가히 갈충(竭忠)이라 말할 것이다.[297]

○ 공의 용모는 장대하고 훌륭하며 풍채는 당당하여, 국가의 행복과 불행을 짊어지고 갖가지 난맥을 물리치고 힘써 나아가는 풍모가 있었다. 신체가 강건하지 못하면 의지도 강고해질 수 없다. 공은 한번 뜻을 세우면 바로 이를 관철하지 않으면 멈추지 않았다. 닥터 슈베닝거[298]는 공의 시의(侍醫)[299]인데, 공은 그의 올곧은 성품

295) 저본의 경우 이어지는 대목에 다음과 같은 일본 관련 서술이 있었으나 생략되었다. "히로시마의 대본영에 시중드는 첩을 데리고 돌아가는 사람은 이대목에서 다소 부끄럽게 여기지 않을 수 없으리라."(118쪽)

296) 보헤미아(보헤먀, Bohemia)

297) 아, 공은 가히 갈충(竭忠)이라 말할 것이다.: 저본의 표현은 "'아, 공도 역시 힘들었나 보다'라고 말할 것이다."(118쪽)였으므로, 황윤덕에 의해 더욱 미화된 셈이다.

298) 닥터 슈베닝거(쏘구도루 슈원닌쎄루, Dr. Rudolf Schwenninger, 1850~1924): 독일의 외교관이자 의사 출신 정치인으로, 비스마르크의 주치의를 지냈으며 이후 독일의 대외정책 및 의학 행정에도 영향력을 행사한 인물이다.

을 좋아하여 결국 베를린 의과대학의 교수로 그를 임명하였다. 베를린의 여러 박사들은 이에 그를 크게 배척하였다. 공은 분노로 가득하여 그들의 요구를 거절하였으며 더욱 강경해졌다. 공은 그 후 어떤 일로 슈베닝거에게 붉은 독수리 3등 훈장을 수여한다. 또한 예전에 아르님이 외교 기밀을 누설한 때에 공은 격렬히 그와 논쟁한 적이 있었다. 아르님도 원래 남의 주장을 용납하지 않는 성품인지라 파리에서 돌아와 왕의 앞에 엎드려 비스마르크의 횡포를 호소하니, 황제는 마음에 번뇌하여 친히 재상과 대사의 중간에 개입하여 화해를 시도하였다. 그럼에도 공은 결국 수긍하지 않고 말하였다.

"아르님이 계속 관직에 있다면 신이 먼저 괘관(掛冠)[300]하고 물러나겠나이다."

공의 사의는 매우 강했다. 이에 황제는 아르님의 직을 박탈하였다.[301]

299) 시의(侍醫): 예전에 궁중에서 임금과 왕족의 건강과 치료를 전문으로 맡아보던 의사를 말한다.

300) 괘관(掛冠): 벼슬아치가 벼슬을 내놓고 물러나는 일을 이르던 옛말이다.

301) 저본에서는 긴 내용이 이어지지만 모두 생략되었다. 황윤덕은 사사카와 기요시가 비스마르크에 대한 부정적 평가를 취급하는 대목을 대체로 생략한다. 해당 내용은 다음과 같다. "무릇 이와 같은 일은 간혹 한두 번에 그쳤다 할 것이나, 이 역시 공이 얼마나 일을 과감하게 추진하는 기질이 넘쳤는지를 알기에 부족할까. 공에게는 원래 수많은 정적이 있었고 또한 세간에는 공을 혹평으로 대하는 자 또한 적다 할 수 없다. 그러나 무릇 일세에 걸출한 자 중에 적이 없는 자 누가 있으랴. 대저 팔방미인은 위대한 인물 가운데는 없는 법이다. 빈트토르스트나 라쌀(Ferdinand Lassalle) 같은 이들은 모두 공의 위정(爲政)에 극력 반대한 자이다. 그리고 글래드스턴이 안식일에 교회당 안에서 정적과 악수하던 아량과는 반대로 공은 여태껏 그 정적에게 호의를

○ 칼라일[302]은 그의 『영웅숭배론』[303] 중에서 필봉을 휘둘러 말하였다.

'게르만 민족의 거인을 비평한다면, 비스마르크 공은 확실히 영원히 살아있을 사람이다. 독일제국은 멸망할지라도 공은 멸망하지 않을 것이다. 용감한 철혈정략의 창시와 위대한 국가사회주의의 근간이여. 결단코 한갓 빌헬름 1세의 충복으로서 무덤에 묻힐 사람은 아니다.'[304]

비스마르크전 끝

표시한 적이 없으며 항시 악감정으로 그들을 대했다고 한다. 이는 틀림없이 공의 단점이 아닌가. 그렇지만 굳이 위선의 가면을 쓰고 정적과 담소하는 정치가라는 자들 보다는 오히려 감정을 굽히려 하지 않은 점이 공다운 행동일 것이다. 이것이 내가 오히려 공을 평가하는 이유이다."(119~120쪽)

302) 칼라일(가라이루, Thomas Carlyle, 1795~1881): 스코틀랜드 출신의 역사가이자 사상가, 수필가이다. 영웅주의와 역사철학, 사회 비판적 에세이로 빅토리아 시대 지성계에 깊은 영향을 주었다.

303) 『영웅숭배론』: 원저의 제목은 *On Heroes, Hero-Worship and the Heroic in HIstory*(1841)이다. 이 책에서 칼라일은 종교인, 시인, 정치가 등 다양한 영웅 유형을 통해 위대한 개인이 시대를 창조한다는 역사관을 전개했다. 다만 비스마르크의 활동기보다 훨씬 먼저 출판된 서적이어서, 본문의 언급과는 달리 『영웅숭배론』 내에서는 비스마르크를 고평한 대목은 찾을 수 없다.

304) 묻힐 사람은 아니다.: 이어지는 저본의 다음 내용이 생략되었다. "아, 그건 그렇다치고, 몰리에르가 말한바, '그는 게르만을 크게 하였고, 그리하여 게르만인의 권리를 작게 하였다.'라는 한마디로 다시 쓸 수 있을까. 나는 오히려 공과 같은 호걸을 필요로 하는 국토에 태어나기를 바라지 않을 수 없다."(122쪽)

해설

비사맥전
: 독일제국 철혈재상 비스마르크 전기

손성준

독일제국의 초대 재상 오토 폰 비스마르크는 근대기 동아시아 3국이 모두 주목할 수밖에 없는 인물이었다. 첫째, 그가 동시대의 영웅이었기 때문이다. 1898년까지 생존했던 비스마르크는 서구적 근대로 이행하고 있던 일본, 중국, 한국의 지식인들에게 있어서는 문자 그대로 살아 있는 신화였다. 둘째, 그가 신생 제국의 건설자였기 때문이다. 근대국가로 거듭나는 것 자체가 지상과제였던 동아시아 3국에 있어서 독일만큼 매력적인 성공 모델을 찾기는 어려웠을 것이다. 셋째, 천재 외교가 및 철혈정략의 창시자로 대변되는 비범한 캐릭터가 있었기 때문이다. 21세기의 현대인에게, 수단과 방법을 가리지 않고 자국의 이익을 극대화하는 비스마르크의 방식은 결코 환영받지 못할 터이다. 그가 자국의 영웅일 수는 있지만 인류 보편의 위인은 될 수 없는 이유다. 다만 19세기 말에서 20세기 초에 걸쳐 있는 우승열패(優勝劣敗), 약육강식(弱肉强食)의 시대에 그의 활약상은 욕망의 대상이 되기에 충분했다.

황윤덕의 번역으로 1907년 8월에 출판된 『비사맥전』(보성관)은 비스마르크 전기 중 대한제국기에 존재했던 유일한 단행본이다. 화제의 인물이었던 만큼 비스마르크를 다룬 신문 및 잡지의 기사는 얼마든지 있었고, 『조양보』의 「비스마룩구淸話」, 『태극학보』의 「歷史譚 비스마ㅡㄱ(比斯麥)傳」, 『낙동친목회학보』의 「俾士麥傳」처럼 잡지에 번역 연재된 전기들도 나왔다. 그러나 이들은 예외 없이 축역(縮譯)이나 연재 중단에 그쳤다. 즉, 황윤덕이 번역한 『비사맥전』은 그 분량이나 내용의 완결성 자체로 특별한 의미를 갖는 셈이다.

황윤덕은 일본어로 집필된 비스마르크 전기를 저본으로 삼았다. 해당 텍스트는 1899년 박문관(博文館)의 세계위인전 총서 〈세계역사담〉의 제4편으로 나온 『ビスマルック』(이하 『비스마르크』)였다. 필자는 사사카와 기요시(笹川潔, 1872~1946)다. 1898년 도쿄제국대학 정치학과를 졸업하고 송양신보사(松陽新報社)를 거쳐 요미우리신문의 기자가 되었으며 1910년부터는 주필로 활동한 인물이다. 그는 신문기자로 일하는 한편 국가 경영과 관련된 사회과학 분야의 연구와 집필을 계속 진행하였다. 이를테면 『日本の將來』(일본의 장래)라는 저술은 러일전쟁 이후 일본이 한국 병탄을 비롯하여 제국주의 정책을 가속화하던 시기에 나온 것으로, 향후 일본의 국가 이윤 창출 및 국민 통합의 방향 등 여러 제언을 엮은 것이다. 여기서 그는 일본 국민이 굳건하게 단결한다면 백인 위주의 세계주의에 맞서서 능히 그 지분을 확보할 수 있으며, 이를 위해 아시아 여러

나라들을 올바르게 선도해야 한다고 주장했다. 『비스마르크』는 사사카와의 첫 번째 저술이었다. 집필에 참조한 자료군에 대해서는 따로 밝혀두지 않았지만, 찰스 로우(Charles Lowe)가 『리뷰 오브 리뷰스』에 기고한 글을 비롯하여 다양한 영어 문헌들이 본문에서 인용되고 있는 점은 확인 가능하다.

『비스마르크』가 지닌 전기물로서의 특징은, 일단 그 구성 방식에 있다. 사사카와는 일반적인 전기적 내용을 '제1 약력' 안에 포함시키고 '제2 철혈정략'과 '제3 국가사회주의'를 통해 비스마르크의 정책 관련 부분을 집중적으로 조명한 뒤 비스마르크의 작은 일화들을 묶은 '제4 비스마르크 공(公)론'에서 펼쳐보였다. 분량상 절반 이상을 차지하는 '약력' 이외의 챕터에서도 전기적 내용들이 등장하는 만큼 모든 내용을 시계열적으로 구성할 수도 있었지만, 사사카와는 이와 같이 주제별 집중의 방식을 선택하였다. 제2장을 중심으로 국외 정치, 제3장을 중심으로 국내 정치에서의 활약을 골고루 다룰 수 있었던 점을 미루어, 이는 탁월한 정치가로서의 비스마르크를 효율적으로 조명하는 구성이기도 했다.

그렇다면 사사카와 기요시가 전달하고자 한 『비스마르크』의 주요 메시지는 무엇일까? 철혈재상 비스마르크를 주인공으로 선택했을 때 이미 그 일정한 방향성은 정해진 셈이지만, 핵심은 어느 정도까지 비스마르크의 행보에 동조했는지, 특히 강조한 지점은 무엇이었는지 등에 있을 것이다. 앞서 비스마르크가 21세기형 위인일 수 없는 이유를 언급했거니와, 기실 당대의 유럽 정치계에서, 심지어 독일 내부에서도 그를 향한 비판의 목소리는 줄기차게 제기되고 있었다. 그는 독일제국의 수립 과정에서 의회와 빈번하게 대립했고 민권 탄압을 당연시했으며 철저히 주변국을 희생양으로 삼았다. 사사카와 역시 이러한 지점을 명확하게 이해하고 있었다. 이에 그가 선택한 전략은 변론적 글쓰기에 있었다. 사사가와의 주요 논의는 일단 비스마르크에 대한 '부당한' 비판의 소개로 시작하여, 그것에 대한 변론으로 이어지는 패턴을 보인다. 이를테면 사사가와는 프랑스 대사 베네데티의 비스마르크 비방을 인용하며 군대를 앞세워 주변국을 도구화한 그의 면모를 밝힌다. 하지만 이어서 그를 다음과 같이 변론한다.

> 생각건대 비스마르크는 명백히 게르만 연방통일을 목표로 덴마크, 오스트리아와 프랑스를 희생물로 삼은 사람이다. 무릇 그렇다 하더라도, 인간은 국민으로서 태어난다. 이미 국민으로서 태어난 자가 조국의 영광을 원하지 않고, 조국의 부강을 바라지 않을 이유가 없다. 하물며 우열과 승패는 사회의 통리(通理)이고, 적자생존은 인간세상에서 항상 볼 수 있는 것이다. 이것이 공이 궐기하여 외교의 기선을 제압하는 이유이고, 소위 평지에 파란을 조성하는 죄는 모름지기 이를 시대의 추세에 부담시켜야 할 것이며, 공의 책임과는 관계가 없는 것이다. (『비스마르크』, 62쪽)

이처럼 사사카와의 비스마르크 변호는 약육강식의 부조리를 '시세'의 책임으로 돌리는 것을 기본으로 한다. 자국 이기주의를 정당화하는 이 논리가 위험한 것은 자명하다. 비스마르크의 모든 침략적 전쟁 수행에 면책권을 부여하는 사사카와식 접근은, 이미 진행되고 있었으며 향후 지속될 일본의 주변국 침략 행보를 정당화하는 논리와도 중첩되어 있다.

한편, 『비스마르크』의 '제3 국가사회주의'에서는 내치와 국민복지에도 큰 업적을 남긴 비스마르크를 조명함으로써 그에게 덧씌워진 민권 탄압의 이미지를 상쇄하고자 하였다. '제4 비스마르크 공(公)론'에는 비스마르크의 지혜, 인간미, 유머러스함 등을 보여주는 일화로 가득하다. 이는 물론 그의 냉혈한 내지 악마화된 이미지를 재고하게 하는 역할을 했을 것이다. 요컨대 사사카와는 『비스마르크』 전체를 통틀어 변론적 태도로 일관했던 셈이다.

이러한 텍스트를 저본으로 삼은 황윤덕의 『비사맥전』은 어떤 특징을 갖고 있었을까? 황윤덕이 비스마르크라는 인물을 동경했다거나 자발적으로 『비스마르크』의 번역에 임했는지에 대해서는 명료한 판단이 어렵다. 이는 『비사맥전』 본문의 첫 페이지와 판권지 상에도 빠지지 않고 명기된 '보성관 번역원'이라는 신분 때문이다. 그는 이미 『비사맥전』 출판 직전인 1907년 6월에 『萬國地理』(만국지리)를, 동년 7월에는 『農學初階』(농학초계)를 보성관 번역원으로서 편찬한 바 있었다. 세 서적 사이에 통일성이 거의 없다는 점으로 볼 때, 기획의 주체는 보성관이라는 기관 자체이며 황윤덕은 그 기획의 일부로 번역의 임무를 맡았을 공산이 크다.

『비사맥전』 상에 원저자 사사카와 기요시의 이름은 제시되어 있지 않지만, 황윤덕은 기본적으로 사사카와 텍스트의 구성은 물론 내용 대부분을 가져왔다. 다만 그것은 대부분일 뿐이지, 원문의 모든 요소를 기계적으로 옮겼다는 뜻은 아니다. 황윤덕이 만든 저본과의 차이에 대해서는 이 책의 주석을 통해 상세히 제시했으니 참조하기 바란다. 그중 번역자의 문제적인 개입 대목들을 종합해 보면 황윤덕이 저본의 특징이었던 변론적 요소를 축소한 사실과 마주하게 된다.

애초에 사사카와의 『비스마르크』에는 저자의 발화가 지속적으로 등장한다. 비스마르크를 옹호하기 위해서는 자신만의 논리가 구축되어야 했기 때문이다. 예컨대 『비스마르크』는 빌헬름 2세와의 관계를 들어 비스마르크가 결국 충신은 아니었다는 세간의 평가에 대해, 이례적으로 많은 분량을 할애하여 반박하였다(116~117쪽). 그러나 이는 모두 『비사맥전』에 번역되지 않았다. 마찬가지로 정적에게 냉정했던 비스마르크의 태도를 옹호하는 대목(119쪽)이나, 비스마르크의 민권 인식에 대한 사사카와의 변론(121쪽) 등도 옮겨지지 않았다. 이러한 요소를 생략한 이유는 황윤덕에게 비스마르크를 더 결점 없는 영웅으로 소개하고자 했던 욕망이 있었기 때문일 것이다. 변론이라는 것은 적어도 논란을 수용한 상태에서 이루어지는 법이다. 하지만 황윤덕은 그런 구구절절한 변명 자체가 불필요하다고 여겼을 가능성이 크다. 이외에도 황윤덕은 비스마르크의 권위에 흠집이 날 만한 대목들에 꽤 적극적으로 개입하여 생략하거나 표현을 달리 고쳤다.

어째서일까? 19세기 후반의 강제 개항 이후로 한국은 각국 열강들의 먹잇감으로 전락한 상태였고 1905년 을사늑약은 망국의 위기감을 증폭시켰다. 이러한 국가적 수난은 기본적으로 외교에서의 무능, 그리고 군대의 운용과 규모, 무기의 질과 같은 '무력(武力)'의 차이에서 기인했다. 그것을 모를 리 없던 한국의 지식인들에게, 그 무력을 가장 효율적으로 활용했으며 모든 외교적 문제를 자국의 이익으로 환원시켜 놓은 비스마르크는 구원자의 모델이 되기에 충분했다. 황윤덕은 이상의 맥락 속에서 철혈정략에 더 강하게 공명하고 있었을 것이다.

하지만 황윤덕의 입장 또한 하나의 사례로 나타나는 것일 뿐, 그의 번역 방식을 당대인이 비스마르크에 대해 갖던 보편적 태도로 간주할 수는 없다. 일례로 1906년 12월부터 1907년 5월까지 『태극학보』에 연재된 「歷史譚 비스마ㅡㄱ(比斯麥)傳」은 동일하게 사사카와 기요시의 『비스마르크』를 저본으로 했음에도 전혀 다른 메시지를 발신하고 있었다. 분명한 것은 당대의 많은 이들이 비스마르크를 통해 뭔가를 강력히 이야기하고 싶어했다는 사실이다.

영인자료

比斯麥傳

여기서부터는 영인본을 인쇄한 부분으로 맨 뒷 페이지부터 보십시오.

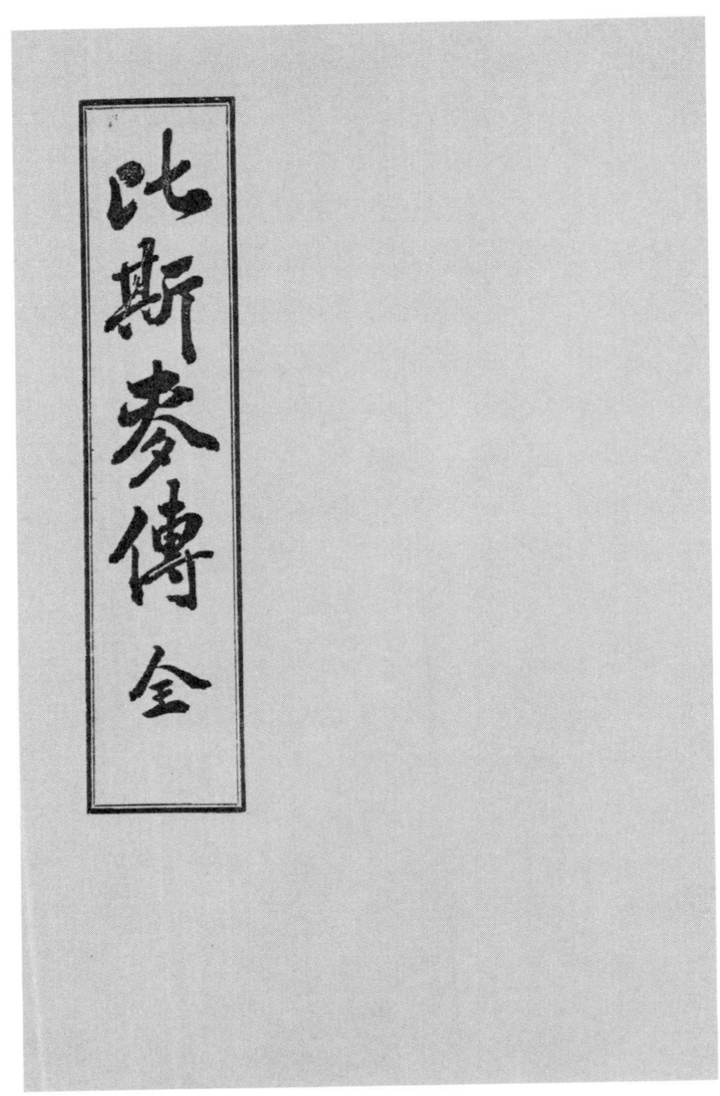
比斯麥傳 全

1

比斯麥傳

普成舘繙譯員 黃潤德 譯

第一 略歷

西曆千八百十五年分에德國侍衛士官(회루씨난도)라ᄒᆞᄂᆞᆫ者ㅣ有ᄒᆞ야(시웬호젠)이라ᄒᆞᄂᆞᆫ地에居ᄒᆞ더니四月一日에 第三男을生ᄒᆞ니 名은比斯麥이라 幼時에 其母(우이루헤루미나)의年이尙少ᄒᆞ야「폿쓰담」의深牕에在ᄒᆞ더니夏日을當ᄒᆞ야夕景의佳麗ᄒᆞᆫᄃᆡ怪異ᄒᆞᆫ一賤婦가來ᄒᆞ야語曰「우이루헤루미나」의長子ᄂᆞᆫ반다시稀世ᄒᆞᆫ豪傑이니將來에皇帝ᄭᅴ서公爵을賜ᄒᆞ리라ᄒᆞ니其時에王宮에서「우이루헤루미나」ᄅᆞᆯ第二母와ᄀᆞᆺ치慕仰ᄒᆞ야數次「폿쓰담」의庭園을尋訪ᄒᆞᆯ시當時六歲王子「우이루헤루무」ㅣ가其側에立ᄒᆞ니其賤婦가見ᄒᆞ고更言曰汝의長子의게公爵을授ᄒᆞ실將來皇帝ᄂᆞᆫ正히彼幼君이라ᄒᆞ고言了에飄然出去ᄒᆞ야因忽不見이라是時에其母가此ᄅᆞᆯ見ᄒᆞ고一場大笑ᄒᆞ야暫時淸閑ᄒᆞᆫ夕暮의光景을壯快케ᄒᆞ얏더라大抵此兒ᄂᆞᆫ長子ᄂᆞᆫ아니라도如此ᄒᆞᆫ淑女의胎中으로브터將來의大宰相을生ᄒᆞ얏스니古之賢相良將에

게比ᄒᆞ야도不辭ᄒᆞᆯ宏大事業은其人의手段으로成ᄒᆞᆯ지니豈不神奇ᄒᆞ리오
比斯麥이漸長ᄒᆞ미伯林都에赴ᄒᆞ야「본네루」「수라이맛헤루」等下에薰陶ᄒᆞ고年이十七에「겟진겐」大學에初入ᄒᆞ니爲人이豪放ᄒᆞ야麥酒를痛飮ᄒᆞ고好勇決鬪ᄒᆞ야人에게屈치아니ᄒᆞ더라

一日은靴店에至ᄒᆞ야靴工의게長靴를造ᄒᆞᆯᄉᆡ靴工다려謂曰吾의長靴를遲滯ᄒᆞ야製造ᄒᆞ면곳猛犬을敎嗾ᄒᆞ야銳牙로咬汝케ᄒᆞ리라ᄒᆞ고曉로브터夕ᄭᆞ지期限을定ᄒᆞ야店頭에注文을掛ᄒᆞ야畢竟期限을不過케ᄒᆞ고其後에ᄯᅩ恒常如此히約定ᄒᆞ야期限을達치안케ᄒᆞ더라

千八百三十三年에至ᄒᆞ야比斯麥의年이十九歲라「겟딘겐」을去ᄒᆞ고伯林大學에移ᄒᆞ야卒業ᄒᆞᆫ後에伯林裁判所에書記가되고其次에「아이라샤페루」의明查官으로轉任ᄒᆞ고다시「폿쓰담」의高等裁判所에仕官이되고是歲에一年志願兵으로ᄡᅥ侍衛一兵卒이되얏스니比斯麥이平素에烟草를最嗜ᄒᆞ는故로街上에出ᄒᆞ야散步ᄒᆞᆯ時에恒常葉卷烟을手中에不捨ᄒᆞ니其長官이軍隊의風儀가紊亂ᄒᆞᆷ을憂ᄒᆞ야令을布ᄒᆞ야曰

此後로街路上에步行홀時에喫烟ᄒᆞᄂᆞᆫ者ᄂᆞᆫ軍律에治ᄒᆞ리라ᄒᆞ니比斯麥이同僚를聚ᄒᆞ야街上에休客ᄒᆞᄂᆞᆫ椅子에凭坐ᄒᆞ야步行치아니ᄒᆞᆫ貌樣으로盛히喫烟ᄒᆞ더라此時에軍隊의服務期限이滿ᄒᆞᄆᆡ歸休를得ᄒᆞ야舊地에還ᄒᆞ야ᄒᆞᆫ곳遊食間에歲月을送ᄒᆞ니라

舊地ᄂᆞᆫ「포메라니아」이니比斯麥의幼時에其家의移居地라此地에來홈으로브터每日射擊을演習ᄒᆞ니其轟轟ᄒᆞᆫ銃聲이遠近에震動ᄒᆞ야幾年來沈靜幽雅ᄒᆞᆫ「니ㅣ포쓰후」ㅣ의太氣를攪破ᄒᆞ니人人이比斯麥을暴亂公子라呼ᄒᆞ니其豪放驕奢ᄒᆞᆫ狀態ᄂᆞᆫ想컨ᄃᆡ엇지可타ᄒᆞ리요

其後幾年에比斯麥이「후리ㅣ또릿히 스루우」에在ᄒᆞ야一夕에談客을向ᄒᆞ야歎曰吾長子「헤루베루도」ᄂᆞᆫ敬虔謹愼ᄒᆞᆫ性行이라吾亦少時에渠와如ᄒᆞ얏든들반다시大事業을成ᄒᆞ깃다ᄒᆞ니此ᄂᆞᆫ彼가壯年時代에豪奢放蕩홈을스ᄉᆞ로深悔ᄒᆞᆫ바ㅣ라然이나彼의暴慢ᄒᆞᆫ擧措ᄂᆞᆫ將來에人을壓ᄒᆞ고人을統홀兆占을彼가解說ᄒᆞ얏다홈이可홀지니今에此를歎息홈은想컨ᄃᆡ其子「헤루베루도」의德性을讚美ᄒᆞ랴고홈이로다

比斯麥이「포메라니아」에在ᄒᆞᆯ時에極히豪放散漫ᄒᆞ더니其後英國에旅行ᄒᆞ고佛國에遊覽ᄒᆞ야中外形勢를大覺ᄒᆞ야心中에感發ᄒᆞ니라旅行을了ᄒᆞᆫ後에舊里에復歸ᄒᆞ야未幾에騎兵隊士官이되얏더니是年에其父「희루씨난ᄯᅩ」가沒ᄒᆞ니다시故鄕「시웬호젠」에還ᄒᆞ야妙少ᄒᆞᆫ一箇鄕曲紳士의貌樣으로暫時星霜을送ᄒᆞ니라

性禀이本來熱情이太過ᄒᆞ야일즉學堂에在ᄒᆞᆯ時에鄕里를思念ᄒᆞᆷ이甚ᄒᆞ면歸心이矢와ᄀᆞᆺ치急ᄒᆞᆫ지라夏冂을當ᄒᆞ야惡疫이蔓延ᄒᆞ니만일伯林市中에病毒이傳播ᄒᆞ면速히歸鄕ᄒᆞ라ᄂᆞᆫ家信을得見ᄒᆞ리라ᄒᆞ고病毒이何處ᄭᆞ지傳染ᄒᆞᆷ을探知ᄒᆞ기爲ᄒᆞ야悍馬ᄅᆞᆯ乘ᄒᆞ고揮鞭馳走ᄒᆞ야伯林市外에出ᄒᆞᆯᄉᆡ都門에至ᄒᆞ다가忽然落馬ᄒᆞ야其一脚을傷ᄒᆞ얏ᄂᆞ니라

恒常其父의已死ᄒᆞᆷ을哀痛ᄒᆞᄂᆞᆫ心情이懇切ᄒᆞ야快活ᄒᆞᆫ靑年에愁眉ᄅᆞᆯ不開ᄒᆞ고沈鬱ᄒᆞᆫ眼目을一擡ᄒᆞ야其前日에跋涉ᄒᆞ고狩獵ᄒᆞ든丘陵을夢과ᄀᆞᆺ치視ᄒᆞᆯ뿐일너라翌年에드듸여意ᄅᆞᆯ決ᄒᆞ야「하루쓰」에旅行ᄒᆞᆯᄉᆡ「보랏겐베루히」家의一行과ᄒᆞᆷ게登途ᄒᆞ더니其一行中에妙少ᄒᆞᆫ一處女가有ᄒᆞ니其艶容嬌態ᄂᆞᆫ傾國의色이라比斯麥이一見

ᄒᆞ고心中에甚慕ᄒᆞ니大抵此少女의名은「요ᄒᆞᆫ나」이니「도리ᄯᅡ릿후」夫人의養育ᄒᆞᆫ女라比斯麥의配偶됨은身分에恰當치아니ᄒᆞᄂᆞ比斯麥은此女를思慕ᄒᆞᆷ이心內에甚切ᄒᆞᆫ故로遊覽을了ᄒᆞᆫ後에곳、封書를裁成ᄒᆞ야少女「요ᄒᆞᆫ나」의父親의게送ᄒᆞ야成婚ᄒᆞᆷ을請ᄒᆞ니其父ᄂᆞᆫ比斯麥의性行이疎豪ᄒᆞᆷ을不喜ᄒᆞ야許婚ᄒᆞ기를甚히躊躇ᄒᆞᄂᆞ「요ᄒᆞᆫ나」ᄂᆞᆫ懇切히心內에比斯麥으로써百年偕老ᄒᆞᆯ契를結ᄒᆞ기足ᄒᆞᆫ丈夫라고思慕ᄒᆞᄂᆞᆫ故로其父ᄂᆞᆫ오히려不許ᄒᆞ야도드듸여自意로比斯麥의게通奇ᄒᆞ야成親ᄒᆞᄂᆞᆫ醮禮를行ᄒᆞ라ᄒᆞ니比斯麥이此報를接見ᄒᆞ고大喜ᄒᆞ야곳「요ᄒᆞᆫ나」의家에赴ᄒᆞ야婚禮를行치아니ᄒᆞ고衆人稠坐中에入ᄒᆞ야卽地에其猿臂를擧ᄒᆞ야「요ᄒᆞᆫ나」를抱ᄒᆞ고紅脣을相接ᄒᆞ니其親密ᄒᆞᆫ情이花蝶水鴛과如ᄒᆞᆫ지라一座가如此蠻行을見ᄒᆞ고모다其鄙野放蕩ᄒᆞᆫ擧動을大驚怪ᄒᆞ되少女「요ᄒᆞᆫ나」ᄂᆞᆫ此時에其心이完固히比斯麥의妻되랴고決斷ᄒᆞ얏스니將來에公爵과公爵夫人이되야千八百四十七年初夏에一堂에相會ᄒᆞ야華燭盛儀를擧ᄒᆞ얏ᄂᆞ니라

當時에比斯麥은旣爲「포메라니아」에選出ᄒᆞᆫ代議士가되야普國國會에叅列ᄒᆞ야盛

大히君權主義를奉戴ᄒᆞ야議場一角에傑出되얏스니大抵比斯麥이君權主義를敬仰ᄒᆞᆷ은其祖先으로브터傳來ᄒᆞᆫ尊王心을效ᄒᆞᆫ비라其母가王家에近侍ᄒᆞ야將來獨逸皇帝「우이루헤룸」은其母를敬慕ᄒᆞ얏스니比斯麥의幼時로브터心中에懷抱ᄒᆞᆫ尊王心은佛國革命에因ᄒᆞ야搖動ᄒᆞᆷ과ᄀᆞᆺ치淺薄ᄒᆞᆷ은아니라比斯麥의心中에普國이일즉拿破崙一世의馬蹄下에蹂躪ᄒᆞᆷ을甚憤ᄒᆞ야王室의式微ᄒᆞᆷ을挽回ᄒᆞᆯ싱각이暫時도心中에不離ᄒᆞ더라

一日은比斯麥이伯林街頭에出ᄒᆞ야酒肆에入見ᄒᆞᆫ즉其傍에一卓을環圍ᄒᆞ고都下人士一羣이匝坐ᄒᆞ야政治를談話ᄒᆞ다가王室에及ᄒᆞ야某親王의私行을攻擊ᄒᆞᄂᆞᆫ지라比斯麥이此를聞ᄒᆞ고勵聲ᄒᆞ야大叱曰汝等은此盃中의酒가盡ᄒᆞ기前에速히不敬ᄒᆞᆫ談論을中止ᄒᆞ라不然ᄒᆞ면余가當場에鐵拳으로汝等을打ᄒᆞ리라ᄒᆞ니一羣市人이此斯麥의權威에驚怪ᄒᆞ야暫時ᄂᆞᆫ坐中이無言ᄒᆞ다가未幾時에談話를復開ᄒᆞ야依舊히親王을攻擊ᄒᆞᄂᆞᆫ言論에及ᄒᆞ니比斯麥이身을躍ᄒᆞ야椅子를離ᄒᆞ야其手에麥酒杯를握ᄒᆞᆫ디로一紳士의頭上에墜ᄒᆞ며王室을誹謗ᄒᆞᆷ을大怒ᄒᆞ야猛烈히床上에壓倒ᄒᆞ며

人人을亂打ᄒᆞ야驚愕케ᄒᆞᆫ後에徐徐히酒肆ᄅᆞᆯ辭去ᄒᆞ니此ᄂᆞᆫ比斯麥의尊王心이既爲如此ᄒᆞᆫ지라엇지當時民權이振作ᄒᆞᄂᆞᆫ趨勢에逆지아니ᄒᆞ리오是以로普國國會議員이되야政治家의權利ᄅᆞᆯ開始ᄒᆞᆯ時ᄅᆞᆯ遇ᄒᆞᆷ에ᄂᆞᆫ더욱奮戰苦鬪ᄒᆞ더라千八百四十八年三月에伯林에서一揆의事가有ᄒᆞ니比斯麥은宛然히火酒的政治家와ᄀᆞᆺ치一世ᄅᆞᆯ憤罵ᄒᆞ야鄕里의田舍新聞에筆을執ᄒᆞ야盛히民權을誹議ᄒᆞ니라然ᄒᆞ나大勢ᄂᆞᆫ一次比斯麥의如何키難ᄒᆞᆫ바되야其年十二月에新憲法을發布ᄒᆞ고翌年二月로브터英國風氣로議員을開設ᄒᆞᆷ에至ᄒᆞ되오ᄌᆞᆨ頑固ᄒᆞ야鐵石과如ᄒᆞᆫ「포베라니아」의議員(即比斯麥)은일ᄌᆞᆨ新憲法發布ᄒᆞᆷ을不喜ᄒᆞ야王權을侮辱ᄒᆞ며祖國의國體ᄅᆞᆯ危케ᄒᆞᆫ다고甚憤ᄒᆞ야大呌ᄒᆞᆷ을己치아니ᄒᆞᆫᄌᆞᆨ議院에서比斯麥의演說은ᄒᆞᆫᄀᆞᆺ衆人의鼻笑ᄒᆞᆫ비되니라想컨ᄃᆡ當時日耳曼의統一問題에競爭이各邦에起ᄒᆞ고或은「후랑구푸루도」의會合이되얏스니其議決은普王의帝位ᄅᆞᆯ說ᄒᆞ얏스나議決에由ᄒᆞ야帝位에登ᄒᆞᆷ은民으로브터王冠을授ᄒᆞᆫ것과如ᄒᆞᆫ理由로써ᄒᆞᆷ이라普王「후리도릿히、 우루헤루무」第四世ᄂᆞᆫ곳此ᄅᆞᆯ拒絶ᄒᆞᆯ뿐아니라普王은가만니澳太利以外에聯邦을創設ᄒᆞ랴ᄂᆞᆫ志가勃勃ᄒᆞᆫᄌᆞᆨ

形勢가國運前途에當ᄒᆞ야普澳開戰ᄒᆞᆯ光景이不無ᄒᆞᆯ지니此ᄂᆞᆫ比斯麥의일즉看破ᄒᆞᆫ바아니리오且比斯麥이民權擴張ᄒᆞᄂᆞᆫ運動을蛇蝎과ᄀᆞᆺ치視ᄒᆞᄂᆞᆫ理由ᄂᆞᆫ此에在치안타ᄒᆞᆷ이可ᄒᆞ리오吾輩의所排ᄂᆞᆫ國家聯合에在ᄒᆞ며吾輩의所欲은聯合國家에在ᄒᆞ니比斯麥의懷抱ᄒᆞᆫ바ᄂᆞᆫ實로如此ᄒᆞ니라千八百五十年에「루후루도」에普魯西와「ᄒᆞ노페루」及「삭소니」三國이相合ᄒᆞ야聯邦議會ᄅᆞᆯ開ᄒᆞ니比斯麥이ᄯᅩᄒᆞᆫ其議員이되야此會議의結果ᄂᆞᆫ水泡에歸ᄒᆞ야何等效力을成치아니ᄒᆞ얏스니然則此會合은가만니普國이澳國을排斥ᄒᆞᆷ을發表ᄒᆞᆷ이니此로由ᄒᆞ야「게훼닛히ᄶᅡ렛」의血戰을釀成ᄒᆞ니라

當時「후랑구후ᄒᆞ루도」ᄂᆞᆫ日耳曼聯邦의政治上中心이니每年一次式通常會議ᄅᆞᆯ開ᄒᆞ야各邦主權者와各公使ᄅᆞᆯ派遣ᄒᆞ야會議에叅列케ᄒᆞ고獨逸聯邦에關ᄒᆞᆫ外交軍事ᄅᆞᆯ議論케ᄒᆞᆯᄉᆡ普魯西「후혼、 로ᄒᆞ우」將軍은王國을代表ᄒᆞ야叅列ᄒᆞ니此時比斯麥은將軍의秘書官이되야千八百五十一年에「후랑구후ᄒᆞ루도」任所에赴ᄒᆞ니比斯麥의外交上에委身ᄒᆞᆷ은此時에在ᄒᆞ니라

比斯麥이「후랑구후호루도」에駐在ᄒᆞᆯ시 一日에旅舘主人을命ᄒᆞ야自己房內에呼鍾을設備ᄒᆞ라ᄒᆞ니主人이不肯ᄒᆞ야曰呼鍾은旅舘의設備ᄒᆞᆯ비아니니座下가自費로支給ᄒᆞ면設備ᄒᆞ깃다ᄒᆞ고곳出去ᄒᆞ니比斯麥이良久히失望ᄒᆞᆫ貌樣으로無語히立見ᄒᆞ더니少頃에忽然히百雷震轟ᄒᆞᆷ과如ᄒᆞᆫ音響이比斯麥의留在ᄒᆞᆫ房內로브터起ᄒᆞ니主人이大驚ᄒᆞ야家內에大變이出ᄒᆞᆫ가思ᄒᆞ고面色이土와ᄀᆞᆺ치變ᄒᆞ야比斯麥의室前에來ᄒᆞ야惶刼히門을開ᄒᆞ고覘視ᄒᆞ니比斯麥이泰然히卓子前에坐ᄒᆞ야書籍을調整ᄒᆞ고其側에短銃이橫在ᄒᆞᆫᄃᆡ銃口로브터餘存ᄒᆞᆫ藥烟이龍形을描ᄒᆞ야直上ᄒᆞ니主人이且驚且怪ᄒᆞ야問曰座下ᄂᆞᆫ何事로起ᄒᆞ얏ᄂᆞ뇨ᄒᆞᆫ즉比斯麥이荅ᄒᆞᄂᆞᆫ口調가沉靜ᄒᆞ야曰主人은余의放ᄒᆞᆫ空砲聲을怪異히여기ᄂᆞ然이나此ᄂᆞᆫ余의呼鍾을換ᄒᆞ야相圖ᄒᆞᆯᄲᅮᆫ이라此後에도此로써相圖ᄒᆞᆷ을用ᄒᆞᆯ지니그런ᄌᆞᆯ로豫知ᄒᆞ라ᄒᆞ고다시書籍을考閱ᄒᆞ니主人이驚眼이瞠然히退出ᄒᆞ야卽時에旅舘의費用으로써呼鍾을設備ᄒᆞ니라

盖此를讀ᄒᆞᄂᆞᆫ者ᄂᆞᆫ小兒의遊戱와如ᄒᆞᆫ比斯麥의强迫手段을等閑히視치말지어다比斯麥의外交上에도種種此等說話로브터發露ᄒᆞ얏ᄂᆞ니라

此時에比斯麥이「로하우」將軍의任所를辭ᄒᆞ고伯林에還ᄒᆞ야將軍의推薦으로宦路에一躍ᄒᆞ야「후랑구후호루도」에駐箚ᄒᆞᄂᆞᆫ普路西使節이되야스니比斯麥의靑雲階梯에登ᄒᆞᆫ基本은實로此時에因ᄒᆞᆷ이라當時國王이比斯麥의才能을疑ᄒᆞ사新任公使의職責을能히堪當ᄒᆞᆷ을下詢ᄒᆞ시니「로하우」將軍이王께答奏曰比斯麥은確實히天下大器라其才能이本來브터臣의遠不及ᄒᆞᆯ비라ᄒᆞ더라果然比斯麥이布衣白面으로幾多使節中에未曾有ᄒᆞᆫ手段을揚揮ᄒᆞ야列國使臣을飜弄ᄒᆞ더라時에聯邦會議議長「례히베루쓰」伯으로더부러決鬪를約ᄒᆞ야伯으로ᄒᆞ야곰壓倒케ᄒᆞ얏스니比斯麥의外交上에關ᄒᆞᆫ知識은實로此時브터益進ᄒᆞ니라澳太利ᄂᆞᆫ盟主國名下에聯邦會議의權柄을握ᄒᆞ얏스ᄂᆞ如此ᄒᆞᆫ炬眼人豪를招來ᄒᆞᆫ結果ᄂᆞᆫ詳悉히其弱勢를洞見ᄒᆞ야「멧데루니히」로브터爲始ᄒᆞ야澳廷政治家의無能ᄒᆞᆷ을盡是比斯麥의面前에披露ᄒᆞ야指示ᄒᆞᆫ비라於是에比斯麥이普國의覇權時代가來ᄒᆞᆷ을知ᄒᆞ고王께勸ᄒᆞ야「루비곤」以南野地에兵馬를動ᄒᆞ랴ᄒᆞ더니適時에「우이루헤룸」四世位를太弟의게禪ᄒᆞ고其次에比斯麥으로露國駐箚公使를任ᄒᆞ시니千八百五十九年一月에行裝을整理ᄒᆞ야

露都로向ᄒᆞ니라

比斯麥이露國에駐在ᄒᆞᆯᄉᆡ其行色은繁華치아니ᄒᆞᄂᆞ然ᄒᆞᄂᆞ其繁華치아니ᄒᆞᆷ은比斯麥의事務에所欲을可以明見ᄒᆞᆯ지라比斯麥은金石과如ᄒᆞᆫ人物이라叩치아니ᄒᆞ면響이無ᄒᆞᄂᆞ니是以로衝突ᄒᆞ고軋轢ᄒᆞᄂᆞᆫ外交場裏에在ᄒᆞ야ᄂᆞᆫ無限히鏘鏘케鳴ᄒᆞ니露國이敢히平和를保全ᄒᆞ야好誼를修得ᄒᆞ랴고庶幾希望ᄒᆞ니此ᄂᆞᆫ其恢弘ᄒᆞᆫ手段이隨處圓滿ᄒᆞ야春日의平湖와ᄀᆞᆺ치淸穩ᄒᆞ더라比斯麥이露都에駐在ᄒᆞᆫ지四年에其間에伊太利戰爭이有ᄒᆞ고攝政太弟登極ᄒᆞᆫ事가有ᄒᆞ고比斯麥으로써宰相을任ᄒᆞᆫ內諭가有ᄒᆞ야도普魯西에國運과比斯麥의行動은直接으로大關係되ᄂᆞᆫ事가無ᄒᆞ니라

千八百六十二年六月에다시佛國巴黎에駐箚公使로移任ᄒᆞ니比斯麥이巴黎에入ᄒᆞ야駐在ᄒᆞᆯᄉᆡ特別히銳意로拿破崙의人物을觀察ᄒᆞᆷ에努力ᄒᆞ야卽地에其易與ᄒᆞᆫ人物로認識ᄒᆞ얏더라如斯히三月을經ᄒᆞᆫ後에西班牙國境에向ᄒᆞ야遊覽ᄒᆞᆯᄉᆡ普國宰相으로被任ᄒᆞᆫ勅命을受ᄒᆞ고九月에本國으로還節ᄒᆞᆯ時에路傍綠樹ᄂᆞᆫ風前에繁榮ᄒᆞ고馬頭靑雲은日下에玲瓏ᄒᆞᆫᄃᆡ意氣軒昻ᄒᆞ야飄然히伯林都門에入來ᄒᆞ니라

比斯麥이일즉「후랑구후호루도」에在ᄒᆞ야澳國政治家에親接ᄒᆞ고ᄯᅩ露都에駐在ᄒᆞᆫ지四年에仔細히帝王과宰相의事ᄅᆞᆯ學ᄒᆞᆫᄇᆡ有ᄒᆞ고是歲에出ᄒᆞ야巴黎에赴ᄒᆞ야ᄂᆞᆫ比斯麥의平素의知코저ᄒᆞ든拿破崙三世의性格을歷歷히心中에解釋ᄒᆞ야곳約言을一括ᄒᆞ얏신즉比斯麥은本國政治上模範에通曉ᄒᆞ고今에一躍ᄒᆞ야普國宰相이되얏ᄉᆞ니多年鵬翼의壯志가一日에風과ᄀᆞᆺ치扶搖ᄒᆞ야萬里南溟을圖ᄒᆞᆫ者ㅣ러라

比斯麥이宰相地位에登ᄒᆞ야初에國民의嫌忌ᄒᆞᆫᄇᆡ되야人人이目之ᄒᆞ되比斯麥은立憲的政治家가아니라ᄒᆞ니比斯麥도ᄯᅩᄒᆞᆫ國民의憎惡ᄒᆞᆷ을慫慂ᄒᆞ야依然히民權의擴張을排斥ᄒᆞ며王室의尊榮을宣揚ᄒᆞ랴고務ᄒᆞᆫᄇᆡ라國家ᄂᆞᆫ憲法上에在ᄒᆞ니軍備擴張에反對ᄒᆞᄂᆞᆫ議會ᄂᆞᆫ解散치아니ᄒᆞ면不可ᄒᆞ고政府施政을非議ᄒᆞᄂᆞᆫ言論은箝束지아니ᄒᆞ면不可ᄒᆞᆯ지니比斯麥은如此히主張ᄒᆞ고如此히斷行ᄒᆞ니國民은比斯麥의專制ᄒᆞᆷ을憤ᄒᆞ야洶然ᄒᆞᆫ衆論이起ᄒᆞᄂᆞ然이ᄂᆞ新宰相은恬然不顧ᄒᆞ더라時에獨逸候國中에有事ᄒᆞ고其次에ᄯᅩ波蘭에內亂이發ᄒᆞ야普魯西ᄂᆞᆫ前後二次에新宰相의手段을煩勞ᄒᆞ니特別히波蘭事件에對ᄒᆞ야比斯麥은歐洲列國의物議ᄅᆞᆯ招ᄒᆞᄂᆞ露國을助ᄒᆞ야

13

後來에歡心으로迎ᄒᆞᆷ과ᄀᆞᆺ치當時天下民人으로ᄒᆞ야곰其消息을解케ᄒᆞ얏스ᄂᆞ其最要ᄒᆞᆫ比斯麥이外政上에더욱成效ᄒᆞᆷ에向意ᄒᆞ야畢竟에波蘭事件의終局에至ᄒᆞ야ᄂᆞᆫ佛國과和親ᄒᆞ고今에積年仇讐된澳太利를一擧鞭撻ᄒᆞᆯ機會에進ᄒᆞ니所以로此時에丁抹戰爭이倏忽히生ᄒᆞ니라

元來丁抹王은「수레스이ᄭᅡ、호루스다인」聯合公國及「라우웬부루ᄭᅡ」를統合ᄒᆞ얏스ᄂᆞ其地ᄂᆞᆫ「웨루베河」北岸에橫跨ᄒᆞ니「수레스이ᄭᅡ」外에他二國은獨逸聯邦에屬ᄒᆞ야聯邦會議監督下에在ᄒᆞᆫ故로其關涉ᄒᆞᄂᆞᆫ時에或은丁抹의王權을危케ᄒᆞ고或은聯邦會議의權限을蹙迫ᄒᆞᄂᆞᆫ結果를生ᄒᆞᄂᆞᆫ지라是以로「수레스이ᄭᅡ、호루스다인」의問題ᄂᆞᆫ紛亂ᄒᆞᆷ에從ᄒᆞ야決定ᄒᆞᆷ을求치아니ᄒᆞ면不可ᄒᆞᆫ事件이有ᄒᆞ니라

千八百四十八年에獨逸丁抹이互相干戈를交ᄒᆞ야末來에倫敦會議로써一時彌縫ᄒᆞᄂᆞᆫ和好를保有ᄒᆞ얏스ᄂᆞ其後普魯西國內에憲法騷動이生ᄒᆞ야漸次外交事에踈ᄒᆞᆷ으로브터丁抹王이乘虛ᄒᆞ야倫敦會議의結約을藐視ᄒᆞ고全然히「수레스이ᄭᅡ」를丁抹의領地라定ᄒᆞ고셔로法律을制定ᄒᆞ야爾後聯邦會議에叅與치못ᄒᆞ게ᄒᆞ니라是時에

「후례데리구」가崩ᄒᆞ고其女「구리스디안」九世ㅣ立ᄒᆞ니獨逸의「아우ᄭᅮ스뎀베루ᄭᅮ」公이스ᄉᆞ로「수례스이ᄭᅮ、호루스다인」의權利를爭ᄒᆞ야드듸여聯邦의聽視을動ᄒᆞ야紛紛ᄒᆞᆫ議論이再起ᄒᆞ니獨逸聯邦은「아우ᄭᅮ스뎀베루ᄭᅮ」公을贊ᄒᆞ고丁抹을伐ᄒᆞ랴ᄂᆞᆫ擧動이有ᄒᆞ니是時에比斯麥이가만히此로써聯邦問題됨을不肯ᄒᆞ야强히其積年讐國澳太利와相結ᄒᆞ야二國의力으로써連馬를壓制ᄒᆞᆯ計策을圖ᄒᆞ니此理由ᄂᆞᆫ或은澳國이他國과同盟ᄒᆞᆯ가念慮ᄒᆞᆫ바에出ᄒᆞ얏다ᄒᆞ고或은歐洲列國에向ᄒᆞ야特히普魯西가獨히兵馬를動ᄒᆞᆫ責을免ᄒᆞ랴ᄂᆞᆫ深意에出ᄒᆞ얏다ᄒᆞ니라然則他日에아모리ᄒᆞ야도避치못ᄒᆞᆯ普澳戰爭이生ᄒᆞ기前에澳國軍隊의力量을豫試ᄒᆞ랴ᄒᆞᆷ은반다시普國武官의所欲됨은莫論ᄒᆞᆯᄲᅮᆫ이오如此히連馬戰爭을開ᄒᆞ얏ᄂᆞ니라

千八百六十四年十月에維也納에會議가되야「수례스이ᄭᅮ、호루스다인、라우웬베루ᄭᅮ」ᄂᆞᆫ全혀丁抹의權域을離ᄒᆞ야普魯西澳太利二國手中에歸ᄒᆞ니新宰相比斯麥은此時에至ᄒᆞ야普國民人의歡呼場裡에立ᄒᆞ얏더라然이ᄂᆞ普澳ᄂᆞᆫ日耳曼聯邦中에龍虎와如ᄒᆞ니其勢엇지永久히兩立ᄒᆞ기를得ᄒᆞ리오ᄒᆞᆷ물며「수례스이ᄭᅮ、호루스다

「인이」卽今二國下에歸ᄒᆞ리오果然未幾에紛糾ᄒᆞᆫ葛藤이生ᄒᆞ야「가스다인」條約을
서로締結ᄒᆞ얏스니普魯西ᄂᆞᆫ「수레스이ᄭᅳ」와「라우웬베루ᄭᅳ」를並有ᄒᆞ고澳太利ᄂᆞᆫ
「호루스다인」을保有ᄒᆞ얏스니是ᄂᆞᆫ將滅ᄒᆞᄂᆞᆫ燈光이一瞬間을不過ᄒᆞᆷ과如ᄒᆞ야兩國
의相持ᄒᆞᆷ은依舊히更起ᄒᆞ니라

千八百六十六年初夏에比斯麥이拿破崙의提出ᄒᆞᆫ歐洲平和會議에賛成치아니ᄒᆞᆫ故
로써澳國政府에開戰ᄒᆞᆯ通牒을發送ᄒᆞ야몬져一擧ᄒᆞ야「호루스다인」을攻略ᄒᆞ고七
月에「게닛히ᄭᅳ렛」野에서澳太利의大軍을迎ᄒᆞ야大破ᄒᆞ니此ᄂᆞᆫ世界에有名ᄒᆞᆫ陸戰
이니其當塲光景은猛烈ᄒᆞ고慘憺ᄒᆞᆫ지라此時에普王「우이루헤름」第一世도出陣ᄒᆞ
니比斯麥以下諸臣이모다扈從ᄒᆞᆯᄉᆡ兩軍이相交ᄒᆞᄆᆡ砲火가相迫ᄒᆞ야勝敗를容易히
못ᄒᆞᆯ지라比斯麥이ᄯᅩᄒᆞᆫ憂心을捨치못ᄒᆞ야ᄀᆞ만히馬를驅ᄒᆞ야「모루도게」澳國大將
의態度를探知코저ᄒᆞ더니時에遙望ᄒᆞ니小高邱上에一箇將軍이立ᄒᆞ야戰勢를望見
ᄒᆞᄂᆞᆫ지라稍稍히近視ᄒᆞᆫ즉곳「모루도게」라比斯麥이其所携葉卷烟優劣二箇를手에
持ᄒᆞ고「모루도게」의傍에到ᄒᆞ야其所欲을擇取ᄒᆞ라고慫慂ᄒᆞ니想컨ᄃᆡ「모루도게」

ᄂᆞᆫ平素에喫烟을嗜ᄒᆞᄂᆞᆫ者라만일「모루도게」로ᄒᆞ야곰此血戰을當ᄒᆞ야狼狽의色이無ᄒᆞ고泰然히三軍을指揮ᄒᆞᄂᆞᆫ地位에在ᄒᆞ니其優劣二箇葉卷烟으로能히「모루도게」의情態ᄅᆞᆯ可以斟酌ᄒᆞᆯ비라반다시葉卷烟을擇ᄒᆞ기當ᄒᆞ야其優善ᄒᆞᆫ者에過치아니ᄒᆞ리라ᄒᆞ더니果然「모루도게」가片頰에微笑ᄅᆞᆯ綻ᄒᆞ고手ᄅᆞᆯ出ᄒᆞ야其優ᄒᆞᆫ者一箇ᄅᆞᆯ請ᄒᆞ니比斯麥이大喜ᄒᆞ야心內에窃祝ᄒᆞ야曰「모루도게」가我을蹤치아니ᄒᆞ니吾軍이必勝ᄒᆞ리라ᄒᆞ니其勝敗ᄅᆞᆯ先斷ᄒᆞᆷ이如此히明確ᄒᆞ더라時에澳軍이普軍의鋒銳ᄅᆞᆯ不敵ᄒᆞ야드듸여敗ᄒᆞ야「오루뭇」으로退去ᄒᆞ고普國大本營은「니고루스후루구」에進ᄒᆞ니當時에拿破崙三世ᄂᆞᆫ普國의大捷ᄒᆞᆷ을嫉妬ᄒᆞ야威嚇上關涉으로試ᄒᆞᄂᆞ比斯麥의拒絶ᄒᆞᆫ비되니라且佛國形勢ᄂᆞᆫ아모리ᄒᆞ야도干戈ᄅᆞᆯ興ᄒᆞ야普國을能制치못ᄒᆞᆯ狀態인故로普國全權委員이澳國委員과八月二十三日에「푸라하」에會見ᄒᆞ야二千萬「다ㅣ레루」(澳國貨幣一元四五錢)의償金과「수레스이삭、호루스다인、ᄒᆞ노우에루、헷센、낫사우「及」후랑구후루도」의割讓ᄒᆞᆷ을求ᄒᆞ야得ᄒᆞ얏스니日耳曼聯邦의覇權은居然히南으로브터北에移ᄒᆞ니澳太利ᄂᆞᆫ浪을失ᄒᆞ고泥沙에委ᄒᆞ며普魯西ᄂᆞᆫ羽翼을生ᄒᆞ야

雲外에飛揚ᄒᆞ니라

千八百六十七年에普王이聯邦魁首가되야聯邦政府를代表ᄒᆞᄂᆞᆫ聯邦會議를開設ᄒᆞ야特別히一般人民으로브터撰擧ᄒᆞᆫ國會를置ᄒᆞ고聯邦의劃一ᄒᆞᆫ兵制를立ᄒᆞ야普王은大元帥가되고關稅及其他通信制度를統一ᄒᆞ야玆에北獨逸聯邦의基礎를確設ᄒᆞ고比斯麥은實로聯邦首相이되얏ᄂᆞ니라

北獨逸聯邦을如此히建設홈에當ᄒᆞ야가장嫌忌ᄒᆞᄂᆞᆫ者ᄂᆞᆫ佛國拿破崙皇帝라大抵拿破崙은佛國版圖를擴張ᄒᆞᆯ宿志가有ᄒᆞ야其野心을貫徹코져ᄒᆞ야隣國獨逸의分裂홈을庶幾希望ᄒᆞ더니今에干戈를收ᄒᆞ고聯邦建設의業을成ᄒᆞ니其國礎가더욱鞏固ᄒᆞ야可以拔치못홈에至ᄒᆞᆫ지라拿破崙의心內에怏怏不滿ᄒᆞ야於是에或은倫敦會議에提出ᄒᆞ야普國의「루기센베루히」撤兵을促迫ᄒᆞ고或은伯林政府를威脅ᄒᆞ야白耳義를得ᄒᆞ랴고要求ᄒᆞ니此時比斯麥은將來準備를豫度ᄒᆞ야南獨逸諸邦과提携ᄒᆞᆯ計畫을圖ᄒᆞ얏스니萊因兩岸에在ᄒᆞᆫ二大民族은今에戰爭을止치못ᄒᆞᆯ形勢가되얏ᄂᆞ니라

時哉라佛國「이사베라」女王이逃亾ᄒᆞ야普魯西王統「레오포루도」親王의게來ᄒᆞ야

西班牙王의冠을戴ᄒᆞᆫ事가有ᄒᆞ니有名ᄒᆞᆫ「웨무」의謁見은忽然히佛國大使「베네데쓰데ㅣ」伯의求請ᄒᆞᆫ비라普王이「웨무」公園中에서大使를引見ᄒᆞᆯᄉᆡ其事件은拿破崙三世의發議ᄒᆞᆫ바ㅣ니是ᄂᆞᆫ普魯西ᄅᆞᆯ強迫ᄒᆞ야「레포루도」의辭位에關ᄒᆞᆫ證明과幷ᄒᆞ야此後에永久히親王을王位에推薦치아니ᄒᆞᆯ宣誓ᄅᆞᆯ貪코저ᄒᆞᄂᆞᆫ使命이라普王이조곰도躊躇치아니ᄒᆞ고冷笑ᄒᆞ야比斯麥을命ᄒᆞ야此會見의事實을新聞紙에刊行케ᄒᆞ니拿破崙이더욱不悅ᄒᆞ야其憤이烈火와如ᄒᆞ더라

千八百七十年七月十五日에普王이「웨무」로브터首都에還ᄒᆞ야二十一日에國會ᄅᆞᆯ開ᄒᆞ야一億餘萬「다ㅣ레루」軍事費ᄅᆞᆯ議決ᄒᆞ얏스니此議決ᄒᆞ기三日前에拿破崙은開戰ᄒᆞᆯ布告ᄅᆞᆯ發ᄒᆞ얏더라

八月四日「우에구센부루루」에서合戰ᄒᆞ야自此로或은發ᄒᆞ야「라히스호헨」에서戰ᄒᆞ고其後「우욘우루」의大修羅場에서戰ᄒᆞ야普兵이頭ᄅᆞᆯ斬ᄒᆞᆷ이一萬六千이오其次에「산부리우아」에서奮鬪ᄒᆞ야劒火가閃閃ᄒᆞᆫ中에二萬普兵이屍ᄅᆞᆯ曬ᄒᆞ고一萬三千佛軍이化ᄒᆞ야沙場枯骨이되니라翌月朔日에兩軍이「세ᄯᆞᆫ」에서決戰ᄒᆞ고二日에拿

破崙帝가「돈졔리」에서比斯麥과會見ᄒᆞ니此結果ᄂᆞᆫ「센ᄯᅡᆫ」城兵의降服宣告를放ᄒᆞ며全軍을捕虜ᄒᆞ고佛國皇帝를「우이루무스헤ㅣ헤」에護送ᄒᆞ니라

佛國皇帝「셰ᄯᅡᆫ」에서敗ᄒᆞᆫ後로브터帝政을改ᄒᆞ야共和政을建ᄒᆞ고「론유」로大統領을任ᄒᆞ고「후부루」로外務大臣을任ᄒᆞ니라

九月十九日에比斯麥이佛國外相과「후리에루」에서三日間을會見ᄒᆞ야媾和談判을接ᄒᆞ얏스나然이나其效果ᄂᆞᆫ水泡에歸ᄒᆞ야火와如ᄒᆞᆫ感慨家와氷과如ᄒᆞᆫ宰相은各各別樣意思를包含ᄒᆞ고相別ᄒᆞ니라是時에普軍의大本營이「우웨루사이유」로遷ᄒᆞ야巴里를包圍ᄒᆞᆯ謀略을講ᄒᆞᆯ새比斯麥이ᄯᅩᄒᆞᆫ此地에來ᄒᆞ야翌年三月ᄭᆞ지淹留ᄒᆞ얏스니九月二十七日에「스도라스부루구」降服ᄒᆞᆷ으로브터「강베쓰다」ᄂᆞᆫ輕氣球를乘ᄒᆞ고巴里를脫出ᄒᆞᆫ事가有ᄒᆞ며十月에佛國政府委員長「디웨루」ᄂᆞᆫ列國朝廷에遊說ᄒᆞ야巴里重圍를解코져ᄒᆞᆫ計劃이有ᄒᆞ나皆是畵餠에屬ᄒᆞ야畢竟에其効가無ᄒᆞ고十月二十七日에普軍이巴里를包擊ᄒᆞ야大少彈丸이雨와ᄀᆞᆺ치市內에注下ᄒᆞ고翌年一月十八日에普王「우이루헤루무」第一이「우웨루시류」된路易十四世의古宮에서南北

聯邦以後로永世同盟ᄒᆞᆯ名目으로獨逸皇帝位에登ᄒᆞ니라一月二十三日暮에「후부루」의講和談判을許聽ᄒᆞ야三週日間休戰ᄒᆞ기를命ᄒᆞ고二月二十一日에佛國民會에서選ᄒᆞ야行政長官을任ᄒᆞᆫ「디웨루」ᄂᆞᆫ閣臣을率ᄒᆞ고「우웨루시유」에來ᄒᆞ야比斯麥의게會見을請ᄒᆞ니盖「디웨루」ᄂᆞᆫ佛國第一流의政治家라縱令「강벳다」의覇氣가不有ᄒᆞ야도「후부루」의게比較ᄒᆞ면優等持重ᄒᆞᆫ態度가有ᄒᆞᆫ者라今에三千萬同胞의休戚에關ᄒᆞᆫ責任을荷ᄒᆞ야稀世人傑比斯麥과「우웨루시유」城中에서舌戰코져ᄒᆞᆷ이니彼「디우웨루」ᄂᆞᆫ慷慨不遇ᄒᆞᆫ政治家오此比斯麥은意氣橫溢ᄒᆞᆫ宰相이라情으도써言ᄒᆞ면同一ᄒᆞᆫ人情은「디웨루」의게致ᄒᆞᆷ이可ᄒᆞᄂᆞᆫ理로써言ᄒᆞ면萬斛腔血로購得ᄒᆞᆫ獨逸祖國의勝利를豈可一朝에巴里政治家巧言下에宛然히許與ᄒᆞ리오此時光景이正히慘憺ᄒᆞᆫ지라一箇長方形卓子上에兩國全權委員이對坐ᄒᆞ얏스니此時談判은戰勝國의國語로써開始ᄒᆞᆯ식比斯麥은其要求ᄒᆞᆯ事件을揚露ᄒᆞ야言ᄒᆞ야曰「멧쓰씨덴호후웬」을含有ᄒᆞᆫ「로도린겐」及「베루후호루、스도라스부루쑤」를包舍括ᄒᆞᆫ「웨루사스」二洲를割ᄒᆞ고또六十億法(法國半元)償金을並ᄒᆞ야支出ᄒᆞ라고宣言ᄒᆞ니此

時「디웨루」가答ᄒᆞ야曰佛國의財貨가六十億法賠償을辦出ᄒᆞ기不足ᄒᆞ다ᄒᆞ니盖此資力이無ᄒᆞ야債務ᄅᆞᆯ負ᄒᆞᆫ다ᄒᆞᆷ은佛國이詐僞ᄒᆞᆫ言이라是에至ᄒᆞ야比斯麥이十億法을減ᄒᆞ고五十億法을支出ᄒᆞ라ᄒᆞᆫ즉「디웨루」更言ᄒᆞ야曰是ᄂᆞᆫ오히려英國에有ᄒᆞᆫ國債의三倍에該當ᄒᆞ다ᄒᆞ니比斯麥이於是에「헨세루伯」(人名)及猶太人「부라이구례웨쎄루」(人名)ᄅᆞᆯ招來ᄒᆞ니「부라이구례웨쎄루」ᄂᆞᆫ比斯麥으로더부러因緣이不淺ᄒᆞᆫ銀行家라曾往에軍備擴張費ᄅᆞᆯ國會에不決ᄒᆞᆯ時에其資本을盡傾ᄒᆞ야政府로ᄒᆞ야곰能히普澳開戰을得케ᄒᆞᆫ者라今에其矮小ᄒᆞᆫ身體ᄅᆞᆯ動ᄒᆞ야灰色鬚髯과稍大ᄒᆞᆫ青色眼鏡을掛ᄒᆞ야거의面皮ᄅᆞᆯ不見ᄒᆞᆯ容貌로振立ᄒᆞ야「우웨루시유」(地名)의會議에叅列ᄒᆞ야佛國이能히五十億法償金을辦出ᄒᆞᆷ이足ᄒᆞᆫ明證을說ᄒᆞ니「디웨루」가不屈ᄒᆞ고辨爭ᄒᆞ야曰佛國은아모리ᄒᆞ야도二十億포랑(法國一元)을辦出ᄒᆞᆯ資力이無ᄒᆞ다ᄒᆞ니於是에比斯麥이撕捱ᄒᆞᆷ을憤ᄒᆞ야坐ᄅᆞᆯ起ᄒᆞ야大叫曰公等의主張ᄒᆞᆫ바ᄂᆞᆫ다시戰爭을繼起코저ᄒᆞᄂᆞᆫ意라ᄒᆞ니「디웨루」도가쟝此言에能히忍치못ᄒᆞ야歎息과憤懣이一時에噴出ᄒᆞ야其口中으로突出ᄒᆞ야曰嗟呼라此ᄂᆞᆫ正히不可ᄒᆞᆫ強奪이라ᄒᆞ니比

斯麥이冷然히其語ᄅᆞᆯ摘ᄒᆞ야曰余가佛語ᄅᆞᆯ不通ᄒᆞᆫ故로公의語ᄅᆞᆯ遮치못ᄒᆞᆫ다ᄒᆞ고依然히前과ᄀᆞᆺ치本國語로써語ᄒᆞ야談判을如此히ᄒᆞ미再次釰을仗ᄒᆞ고兩國이相見ᄒᆞ랴ᄂᆞᆫ貌樣과如ᄒᆞᄂᆞᆫ二十六日에至ᄒᆞ야「베루후루」(地名)에서十億法을出給ᄒᆞ기로平和假條約을締結ᄒᆞ니라

五月十日河畔「후랑구후루도」에서確定條約을交換ᄒᆞ고平和克復ᄒᆞ니自此로獨逸의統一ᄒᆞᆫ宏圖가完全히成就ᄒᆞ얏스니其實은벌서四月十四日에國會ᄅᆞᆯ伯林에召集ᄒᆞ야普魯西에王統은獨逸國이世世로元首가되고ᄯᅩ陸海軍에大元帥가되기로定ᄒᆞ고聯邦會議及國會ᄅᆞᆯ改稱ᄒᆞ야帝國會議라ᄒᆞ니其一은上院이라ᄒᆞ고其他ᄂᆞᆫ下院이라ᄒᆞ야聯邦宰相은上院議長을兼ᄒᆞ얏스니是ᄂᆞᆫ所謂獨逸帝國憲法의要領이라於是에比斯麥으로首議長을任ᄒᆞ고ᄯᅩ其功을褒ᄒᆞ야公爵을封ᄒᆞ니噫라만일其母「우이루헤루미나」로ᄒᆞ야尙今生在ᄒᆞ얏스면일즉怪異ᄒᆞᆫ賤婦가「폿담」園庭에서將來ᄅᆞᆯ豫言ᄒᆞ든事ᄅᆞᆯ回想ᄒᆞ야今에다시如此히神人의宣言ᄒᆞᆷ을疑치아니ᄒᆞᆯ지로다

歐羅巴大陸에局勢ᄂᆞᆫ伯林으로歸ᄒᆞ고政治上에領袖ᄂᆞᆫ곳比斯麥이니譬컨ᄃᆡ太陽

의中心과如ᄒᆞ니比公의「쎄루쟈고후」에在ᄒᆞᆷ과「씨스례리」에在ᄒᆞᆷ은俱是一代明星이라ᄒᆞᄂᆞᆫ然이나畢竟에比公의周圍로徘徊ᄒᆞᄂᆞᆫ遊星에不過ᄒᆞ다云ᄒᆞᆯ지라夫歐洲外交의波瀾은곳比斯麥의惹起ᄒᆞᆫ바ㅣ라今에積年宏謨大業을成ᄒᆞᆷ에及ᄒᆞ야ᄂᆞᆫ또紛競을設ᄒᆞᆫ必要가無ᄒᆞᆷ을知ᄒᆞᆯ지니大陸의政海ᄂᆞᆫ瑞西山中에湖面과如ᄒᆞ야山影樹形이湖心에沉映ᄒᆞ기靜寥ᄒᆞᆷ이라露帝ᄂᆞᆫ伯林에行幸ᄒᆞ고澳帝ᄂᆞᆫ「사루쓰바루ᄯᅳ」ㅣ(地名)에서獨帝와相會談笑ᄒᆞ고怨恨이骨髓에徹ᄒᆞᆫ佛國國民도比公의懷柔政略中에籠絡ᄒᆞ야釖欛를手中에空拂치아니ᄒᆞᆫ狀態가된지라今에또比公의爾後經綸을略說ᄒᆞ노라

比斯麥이三大戰爭以後로브터新帝國을保有ᄒᆞ기爲ᄒᆞ야佛國의復讐ᄒᆞᆯ攻擊을準備ᄒᆞᆫ비有ᄒᆞᆫ故로獨澳伊三帝會合을促ᄒᆞ고또露國과提携ᄒᆞ야內에在ᄒᆞ야ᄂᆞᆫ貿易을振作ᄒᆞ며殖民을奬勵ᄒᆞ고또盛히軍備擴張ᄒᆞ기를計畫ᄒᆞ니라盖當時에佛國이獨逸을排斥ᄒᆞᄂᆞᆫ思想이甚히猛烈ᄒᆞ고就中「강벳다」一派와如ᄒᆞᆫ者ᄂᆞᆫ稍稍히다시兵火를相交코져ᄒᆞᄂᆞᆫ意氣가有ᄒᆞᆫ지라此時에獨逸公使「아루니무」가比公과有隙ᄒᆞ야外交에

機密ᄒᆞᆷ을漏洩ᄒᆞᆫ故로이믜兩國의關係가甚히切迫ᄒᆞᆫ비有ᄒᆞᆫ즉比斯麥이미리不測ᄒᆞᆫ變을念慮ᄒᆞᆯ비有ᄒᆞᆷ이라

千八百六十九年十一月十六日에特別히蘇西運河에서交通通信을發行ᄒᆞᄂᆞᆫ開通式을行ᄒᆞᆫ後로브터列國政治家의頭腦ᄂᆞᆫ一時刺激이되얏ᄉᆞ니通商의擴張과殖民의奬勵ᄂᆞᆫ列國의視聽을大聳動ᄒᆞ야重要ᄒᆞᆫ題目이라歐洲中原의爭奪은漸次形勢를移轉ᄒᆞᆷ에至ᄒᆞ고ᄯᅩ東方問題가再盛ᄒᆞᆷ에當ᄒᆞ야外交上에主務ᄂᆞᆫ君斯坦丁堡에遷ᄒᆞ얏ᄉᆞ니露國이末來에土耳其와戰을開ᄒᆞ얏ᄂᆞ니라

此時獨逸은더욱苦心慘憺ᄒᆞᆫ時를遇ᄒᆞᆫ際會라露國과結托ᄒᆞ고澳國과協諾ᄒᆞ니ᄯᅩ露國은土耳其問題에關ᄒᆞ야全혀澳太利와利害가異ᄒᆞᆫ지라二兎를逐ᄒᆞᄂᆞᆫ者ᄂᆞᆫ一兎도獲지못ᄒᆞᄂᆞ니不知커라帝國에大宰相은如何히此難境에處ᄒᆞ깃ᄂᆞᆫ요露土戰爭의終局을結ᄒᆞ고「산스데후」의條約을締結ᄒᆞᆫ後에歐羅巴ᄂᆞᆫ實로第十九世紀中에더욱極히擾亂ᄒᆞᆫ時代라國力을平衡케ᄒᆞᄂᆞᆫ議論은各國이競爭ᄒᆞ야大呌ᄒᆞᄂᆞᆫ題目이라大凡遠處로브터印度、亞比利加에殖民地를有ᄒᆞᆫ者와近處地中海沿岸의諸國은모다東

歐問題에關ᄒᆞ야容喙ᄒᆞᄂᆞᆫ權利가有ᄒᆞᆫ지라獨逸도亞比利加에領地ᄅᆞᆯ占得ᄒᆞ야其領事ᄂᆞᆫ僅得히一個月에土耳其臣民이慘殺ᄒᆞ얏스니此도ᄯᅩᄒᆞᆫ關涉에言論과利害와權能이有치아니ᄒᆞᆷ은아니라於是에露國이南侵ᄒᆞᆷ에抗拒ᄒᆞᄂᆞᆫ英國佛國澳國伊國은今에獨逸前後에就ᄒᆞ야射ᄒᆞᆷ과ᄀᆞᆺ치視ᄒᆞ야線을相連ᄒᆞ니比斯麥은露國과列國中間에立ᄒᆞ야進退가ᄌᆞ못谷中에入ᄒᆞ얏스니是ᄂᆞᆫ比斯麥이列國會議ᄅᆞᆯ伯林에開ᄒᆞ야敢히自己의形色을明치못ᄒᆞᆫ비니라千八百七十八年六月十三日英、露、佛、獨、澳、伊、土、希、臘馬尼、塞爾比亞「몬데네ᄭᅮ로」(國名)十一國政府ᄂᆞᆫ獨逸宰相의通牒에應ᄒᆞ야各其星使를伯林에派遣ᄒᆞ야露土戰後에平和條議를開ᄒᆞᆯ식「ᄯᅵ스레리、ᄭᅩ루쟈곳후(露相)안ᄯᅩ랏시ㅣ」(澳相)皆人名 等이모다參列ᄒᆞ니比斯麥은實로議長이되야此會議에極力히平和ᄅᆞᆯ維持ᄒᆞ라고勤努ᄒᆞ야何事라도決斷코英露間에衝突ᄒᆞ야來ᄒᆞᆷ과ᄯᅩ澳露開戰에結果ᄅᆞᆯ生ᄒᆞᄂᆞᆫ等事가無케ᄒᆞ랴고周旋ᄒᆞ나然이나「ᄭᅩ루쟈곳후」ㅣ와「비곤스후루도」ㅣ은露相 은英相ᄂᆞᆫ末來相容치못ᄒᆞᆷ은일즉世人의知ᄒᆞᆫ비라英相이怒ᄒᆞ야席을出ᄒᆞ야外務大臣「사리스베리」ᄅᆞᆯ隨ᄒᆞ야歸國ᄒᆞᄂᆞᆫ途에就코저ᄒᆞ니比斯麥이憂

心이忡忡ᄒᆞ야禁ᄒᆞ기를得지못ᄒᆞ고心을盡傾ᄒᆞ야一邊으로英相의歸國ᄒᆞᆯ決意를挽回ᄒᆞ고또露相을說ᄒᆞ야百方으로退步ᄒᆞᆷ이可ᄒᆞᆷ을慫慂(勸助意)ᄒᆞ야如此히辛苦ᄒᆞ야大破綻을彌縫ᄒᆞ고伯林會議를結局ᄒᆞ니「쇠루쟈곳후」는昂昂ᄒᆞᆫ憤氣를抑制ᄒᆞ야露都에還ᄒᆞ고其他는모다伯林會議의德을頌ᄒᆞ고比公의恩澤을稱讚아니ᄒᆞ는者ㅣ無ᄒᆞ더라

伯林에會議ᄒᆞᆫ後로獨露兩國의關係는其根由와面目이大異ᄒᆞ니「쇠루쟈곳후」는畢竟에佛國巴里에旅行ᄒᆞ야其政治家와密約ᄒᆞ야獨逸에拒敵ᄒᆞᆯ意를挾ᄒᆞ니라翌年十月에比斯麥이澳相「안또랏시ㅣ」를訪ᄒᆞ야獨澳同盟條約을結ᄒᆞ니自此로比斯麥의政略은陽으로佛國을懷綏ᄒᆞ고陰으로伊太利를手中에握코저ᄒᆞ더라千八百八十一年에獨澳伊三國이同盟을組織ᄒᆞ고其後三年에「스기루니와이스」에獨澳露三帝를會合ᄒᆞ고「쇠루자고후」의死ᄒᆞᆫ後로露獨의憾情이漸次融解ᄒᆞ야다시同盟ᄒᆞ기로成形ᄒᆞ니라

千八百九十年三月二十九日에帝國을創設ᄒᆞᆫ弘業과兼ᄒᆞ야守成ᄒᆞ는大任을一身에

負ᄒᆞ야完全히畢了ᄒᆞᆫ宰相比斯麥公을伯林으로브터放逐ᄒᆞ야「후리또리히 스루」(補蘿碧石浮村地名)森林中에退捿ᄒᆞ니其事情의夤緣은新皇帝「우이루혜룸」第二世가萬機를親裁코저ᄒᆞ는思念에由ᄒᆞ야比斯麥을排斥ᄒᆞ는必要가生ᄒᆞᆷ이라「후혼、붓혜루」一(人名)가일즉第二世皇帝께勸ᄒᆞ야曰陛下만일「후리또릿히」大王의偉名을襲코저ᄒᆞᆯ진ᄃᆡ比斯麥을先逐ᄒᆞ라ᄒᆞ니凌霄ᄒᆞᆫ覇氣가心中에盈溢ᄒᆞᆫ皇帝는「붓혜루」一의言을信聽ᄒᆞ야極力히比斯麥의權威를削코저ᄒᆞᆷ이라比斯麥은自己가宰相位에當ᄒᆞ얏스ᄂᆞ然이ᄂᆞ各省部下에大臣이動ᄒᆞ면먼져皇帝께直奏ᄒᆞ는風이有ᄒᆞᆷ을見ᄒᆞ고宰相의職을藐視ᄒᆞᆫ다ᄒᆞ야心中에不快ᄒᆞᆷ을不勝ᄒᆞ더라千八百五十二年政府令飭에依ᄒᆞ야其後大臣된者는宰相의監督權에服從ᄒᆞ고妄恣히皇帝와政治上의交涉을不許ᄒᆞ는旨를諭達ᄒᆞ니此諭達은皇帝로ᄒᆞ야곰一層惡情을起케ᄒᆞᆷ이라드듸여五十二年政府令을廢止ᄒᆞᆷ에及ᄒᆞ얏스니事態가이믜如此ᄒᆞᆫ時도有ᄒᆞ고千八百九十年三月一日에中央黨領首「우인또도루스도」(人名)는比公의官邸에來訪ᄒᆞ야公을促ᄒᆞ야曰公이만일中央黨으로秘密ᄒᆞᆫ交涉을聯ᄒᆞ면中央黨은比公을助ᄒᆞ야皇帝께抗

拒ᄒᆞ는協議를不惜ᄒᆞ리라ᄒᆞ니公이不聽ᄒᆞ얏스나然이나虛妄ᄒᆞᆫ所聞은宰相이中央黨領首와密約을結ᄒᆞ얏다傳唱ᄒᆞ니皇帝勃然憤怒ᄒᆞ사卽時內務大臣을命ᄒᆞ야自今以後로皇帝께入奏치아니ᄒᆞ고閑漫히政客을會見치말나ᄒᆞ고傳ᄒᆞ시니比斯麥이對ᄒᆞ야曰臣은스ᄉᆞ로職權을解ᄒᆞ오니職權을移ᄒᆞ야他人을團束ᄒᆞ옵소서ᄒᆞ니十五日早朝에皇帝께서比公의私第에來ᄒᆞ사嚴히會見ᄒᆞ고始末을詰責ᄒᆞ야曰如今에汝가國憲을不遵ᄒᆞ고放恣히民黨과會談ᄒᆞ는自由를禁ᄒᆞ리라ᄒᆞ시니比斯麥이慨然對曰臣雖不敏이나臣의私事로써陛下를煩勞코저ᄒᆞᆷ이아니니다皇帝勃然히作色ᄒᆞ야曰然則朕의命令도汝가不從ᄒᆞᄂᆞ냐罵ᄒᆞ시니比斯麥이心中에冷然히答ᄒᆞ되臣은先帝의命을奉ᄒᆞ야陛下를輔弼ᄒᆞ니此心이耿耿ᄒᆞ야白日과同ᄒᆞᆫ지라今日世界에君權이雖尊ᄒᆞ나오히려吾妻의客室만不如ᄒᆞ다ᄒᆞ니此는皇帝로ᄒᆞ야곰忌厭ᄒᆞᆫ心이有ᄒᆞ면速히閑遊自適을得코저ᄒᆞᆷ이러라時에皇帝大怒ᄒᆞ샤拂衣還宮ᄒᆞ신後須臾에「후혼한게」比公의邸에到ᄒᆞ야皇帝께서比公의辭職表를待ᄒᆞ는緣由를告ᄒᆞ니比公이其勅命이無ᄒᆞᆷ으로써此言을拒絶ᄒᆞ얏더니又內務卿「루가누스」가來到ᄒᆞ니公이曰余는

日耳曼의歷史에重大ᄒᆞᆫ關係가有ᄒᆞᆫ者라終末에辭職表를綴ᄒᆞᆷ에當ᄒᆞ야ᄂᆞᆫ먼져何故로辭職ᄒᆞᄂᆞᆫ理由를不可不詳知ᄒᆞᆯ지라ᄒᆞ니此ᄂᆞᆫ國史에對ᄒᆞᆫ余의責任인즉徐徐히思ᄒᆞ야爲ᄒᆞ리라ᄒᆞ니此ᄂᆞᆫ卽日辭表를出ᄒᆞ라ᄂᆞᆫ帝命을不抗ᄒᆞᄂᆞᆫ意로言ᄒᆞᆷ이러라畢竟에數日을經ᄒᆞ야辭表를上ᄒᆞ야曰當時內治外交에要務多端ᄒᆞᆷ을當ᄒᆞ야宰相이란者ᄂᆞᆫ決斷코妄侫히責任을趨避치못ᄒᆞᆯ지니臣이先朝顧命을受ᄒᆞ야宜當히自己의忠誠을竭ᄒᆞᆫ다ᄒᆞ얏스니此ᄂᆞᆫ公의留職을不許ᄒᆞᆫ다ᄂᆞᆫ意義를敷衍ᄒᆞ야長文에論ᄒᆞᆫ바러라

此時辭表를上奏ᄒᆞ니皇帝裁可ᄒᆞ신後比公으로「라우웬부루ᄭᅳᆨ」公爵을封ᄒᆞ시고또食邑千戶를賜ᄒᆞ시니比公이皇帝ᄭᅦ謝ᄒᆞ야曰臣이餘命이無幾ᄒᆞ니何敢封土를要求ᄒᆞ며「라우웬부루ᄭᅳᆨ」公이되고저ᄒᆞ노니다ᄒᆞ더라

三月二十六日로브터二十九日ᄭᆞ지三日間은伯林에서振古所無ᄒᆞᆫ壯觀을呈ᄒᆞ얏스니此時에比公이皇帝ᄭᅦ拜別ᄒᆞ고또歷代山陵에告別ᄒᆞ고最後에伯林을離別ᄒᆞᆯ새獨逸帝國을建設ᄒᆞᆫ一代豪傑을載ᄒᆞᆫ四馬車ᄂᆞᆫ如燃ᄒᆞᆫ熱情으로써到處에祖國人民이四圍에簇立ᄒᆞ야花環은雨와ᄀᆞᆺ치注下ᄒᆞ고萬歲聲은潮와ᄀᆞᆺ치湧ᄒᆞ더라比公이馬車

를下ᄒᆞ야徒步로羣集中에入ᄒᆞ야「런던」街上으로브터「우이루헤룸、스도랏셰」ᄭᆞ지至ᄒᆞᄂᆞᆫ間에人民이四圍에環集ᄒᆞ야一大行進ᄒᆞ니鐵과如ᄒᆞᆫ前宰相은畢竟에感情을不勝ᄒᆞ야皺顔에雙淚滴滴ᄒᆞ니盖如此ᄒᆞᆫ偉容ᄂᆞᆫ古今各國에初見ᄒᆞᄂᆞᆫ바러라

此時에伯林은千古英雄을失ᄒᆞ고「후리ᄯᅩ릿히스루」(一名補蘿碧石浮村)은稀世偉人을新迎ᄒᆞ얏스니淸閑幽邃ᄒᆞᆫ林邑은眞箇宰相의休退ᄒᆞᆫ處이라公이來此以後로杜門謝客ᄒᆞ고花를蒔ᄒᆞ며魚를養ᄒᆞᆷ으로樂을寓ᄒᆞ더라各國의政治家文學者新聞記者等이相與ᄒᆞ야「후리ᄯᅩ릿히스루」의閑村을尋訪ᄒᆞ야禮拜ᄒᆞ더라

比公이伯林을退ᄒᆞᆫ後로全혀政海外에身을脫ᄒᆞ얏시나國事를憂ᄒᆞᄂᆞᆫ心이數年後ᄭᆞ지尙存ᄒᆞ야盛히「가푸리우이」內閣에施政을痛論ᄒᆞ더라

千八百九十三年에比公이有病ᄒᆞ야翌年에僅得快癒ᄒᆞ니皇帝께서祝賀ᄒᆞ기爲ᄒᆞ야勅使를「후리ᄯᅩ릿히스루」에遣ᄒᆞ시니此ᄂᆞᆫ實로君臣間에感情을融和ᄒᆞᄂᆞᆫ機會ㅣ니覆水가盆中에更返ᄒᆞ고落花가枝端에再上ᄒᆞ야靉靆ᄒᆞᆫ和氣가全帝國을蔽ᄒᆞ얏더라

比公의遐齡이八十有四에至ᄒᆞ야千八百九十八年七月三十日에公이白雲을乘ᄒᆞ고

玉京에上ᄒᆞ니國民이公德을思慕ᄒᆞ야「깃서겐」에鐵像을建ᄒᆞ야比公의影眞을留ᄒᆞ니라

第二　鐵血政略

比斯麥은「포메라니아」에一貴族이라極히散漫豪放ᄒᆞ야아즉公事에從치아니ᄒᆞᆯ時에故鄕을離ᄒᆞ야瑞典南境「로쪼루스도루네루웨룸」氏家에遊ᄒᆞᆯ식射獵을尤好ᄒᆞ야歲月을送ᄒᆞ더니未幾에其家를將離ᄒᆞ야歸途에就ᄒᆞᆯ식其前夜에「도루네루웨룸」氏와無端히一塲議論을起ᄒᆞ얏스니是는日耳曼統一問題에關ᄒᆞᆫ論爭이라破鍾大聲이比斯麥의豪放ᄒᆞᆫ肺肝으로生ᄒᆞ야深深ᄒᆞᆫ山村의空氣를破ᄒᆞ야曰日耳曼聯邦은必得統一ᄒᆞᆯ지니斷斷히吾의心中에信ᄒᆞ고且主張ᄒᆞᆫ비라吾雖不敏이나他日에聯邦統一ᄒᆞᆯ宏圖를成就ᄒᆞ야祖國의光榮을中外에發揚케ᄒᆞ리라ᄒᆞ니辭氣가頗勵ᄒᆞ고聲色이甚壯ᄒᆞ니此時大言壯語는薄志弱行ᄒᆞᆫ青年의虛論이아니오眞實로時勢를洞見ᄒᆞ야自家의胷中에一大抱負를表現ᄒᆞ야未來에獨逸帝國을建設코저ᄒᆞᆷ이라일즉學窓下에在ᄒᆞᆯ時에其智能이同僚中에超出ᄒᆞ나然이나其歷史와地理를學ᄒᆞᆷ에는此를科學

으로研究ᄒᆞᆷ은아니오將來에有爲ᄒᆞᆯ資料로實用學科ᄅᆞᆯᄉᆞᆷ아學習ᄒᆞᆷ이니就中歷史地理ᄅᆞᆯ尤好ᄒᆞᆷ은將來日耳曼統一事業을必成ᄒᆞᆯ基本이實로此에由ᄒᆞᆫᄇᆡ니拿破崙第一世當時에日耳曼山河ᄅᆞᆯ其馬蹄下에蹂躪ᄒᆞᆷ은侯國을割據ᄒᆞᆫ效力인줄로解ᄒᆞ얏더라比斯麥이大學을出ᄒᆞ야江湖間에久遊ᄒᆞᆯᄉᆡ時에或은司法官이되고或은騎兵士官이되얏스ᄂᆞ然이ᄂᆞ皆是自己의胷裏에包含ᄒᆞᆫ幾年來의夢想을實現ᄒᆞᆫ바ᄂᆞᆫ아닌줄로認ᄒᆞ야其朋友의忠言을信聽ᄒᆞ며드듸여民間政治家의得失을洞解ᄒᆞ얏더라大抵比斯麥은名門貴族家에生長ᄒᆞᆫ者로ᄃᆡ일즉一州의選ᄒᆞᆫᄇᆡ되야州會議員이되고未幾에普國國會에代議士가되니此時ᄅᆞᆯ當ᄒᆞ야益益히其大言壯語의實現ᄒᆞᆯ日을確信ᄒᆞᆯ지니全혀當世人物과其志趣가特異ᄒᆞᆫ一箇偉人이라더욱心中에含包ᄒᆞᆫ바日耳曼統一ᄒᆞᆯ捷徑에向ᄒᆞ야深入ᄒᆞ니其思想은高에昇ᄒᆞᆷ은반다시卑로브터ᄒᆞᆫ다ᄒᆞ야日耳曼統一을期ᄒᆞᆷ에ᄂᆞᆫ須先普露西의結合을强케ᄒᆞᆷ이可타ᄒᆞ야民權擴張ᄒᆞᆷ을反對ᄒᆞ고軍備增加ᄒᆞᆷ을贊同ᄒᆞ니此ᄂᆞᆫ君權을發動ᄒᆞ기爲ᄒᆞ야統一大計ᄅᆞᆯ圖ᄒᆞᆷ이니普國王室의神聖을維持ᄒᆞ야扶植코저ᄒᆞᄂᆞᆫ故로民權의振作을防壓ᄒᆞᄂᆞᆫ力을要ᄒᆞᆯ지니其所要ᄂᆞᆫ軍隊

에在ᄒᆞ다ᄒᆞ더라

比斯麥의家系ᄂᆞᆫ世世武人이라自少時로時勢에感奮ᄒᆞ고激勵ᄒᆞᆫ結果ᄂᆞᆫ一世ᄅᆞᆯ拯救ᄒᆞᆯ一手段과ᄯᅩ武器力이니此에由ᄒᆞ야彼有名ᄒᆞᆫ鐵血政略을胚胎ᄒᆞ얏ᄂᆞ니라鐵血政略이란者ᄂᆞᆫ何者오國家에서一山鐵로兵器ᄅᆞᆯ鑄치아니ᄒᆞ면一世ᄅᆞᆯ足히震撼치못ᄒᆞ고英雄이半腔子에血ᄅᆞᆯ棄洒치아니ᄒᆞ면足히黎民을救치못ᄒᆞᄂᆞ니如此政略은比斯麥의創造ᄒᆞᆷ이니鉄血政略은武斷政治의意오戰爭政略의意ㅣ니鐵火劒光間에幾萬生靈이化ᄒᆞ야枯骨이되게ᄒᆞᄂᆞ니此로써國運을開ᄒᆞᄂᆞᆫ政策이라ᄒᆞ면必是如此政策은比斯麥으로브터創始ᄒᆞᆫ것이아니오「아레기산ᄯᅡ아、시ㅣ자아」拿破崙等大凡覇業을成就ᄒᆞᆫ東西洋의英雄은舉皆劒을揮ᄒᆞ야功을成ᄒᆞᆫ者ㅣ니今獨比斯麥의運用ᄒᆞᆫ政策에對ᄒᆞ야鐵血政略이라呼ᄒᆞᆫ바ᄂᆞᆫ想컨ᄃᆡ當時形勢가往古와不同ᄒᆞ야人民의論과平和의聲이坤輿內에盈溢ᄒᆞ니外交의問題ᄂᆞᆫ內治의問題에壓倒ᄒᆞᄂᆞᆫ狀態에도不係ᄒᆞᆫ지라比斯麥이銳意ᄒᆞ야時勢에反對ᄒᆞᄂᆞᆫ政略을執行ᄒᆞ기爲ᄒᆞ야이믜拿破崙戰爭以來로干戈ᄅᆞᆯ動ᄒᆞᆷ에民衆의倦志ᄅᆞᆯ特別히惹起ᄒᆞ고普國國會에臨ᄒᆞ야비

로소鐵血二字ᄅᆞᆯ用ᄒᆞᆷ이라假令比斯麥의運用ᄒᆞᆫ政略은古今豪傑의施爲ᄒᆞᆫ바에比ᄒᆞ야其權謀機軸은異치아니ᄒᆞᄂᆞ其政略은實로今日獨逸帝國을保存ᄒᆞᆷ에向ᄒᆞ야最大關係가有ᄒᆞ니比斯麥의經綸에包括ᄒᆞᆫ者인故로今에此ᄅᆞᆯ省略히說明ᄒᆞ노라

佛國大使「베네뎃디」가일즉比斯麥을罵ᄒᆞ야曰歐洲의國民이第十九世紀에入ᄒᆞᆷ으로브터大戰亂의禍ᄅᆞᆯ久免ᄒᆞ더니今比斯麥公은「우이루헤룸」皇帝와가만히陰險ᄒᆞᆫ謀議ᄅᆞᆯ做ᄒᆞ야他日에禍亂을準備ᄒᆞ기爲ᄒᆞ야精銳ᄒᆞᆫ軍隊ᄅᆞᆯ養成ᄒᆞ얏다가忽然히乘機ᄒᆞ야一擧에丁抹을破ᄒᆞ고再擧ᄒᆞ야澳太利ᄅᆞᆯ蹂躪ᄒᆞ고三轉ᄒᆞ야其猛烈ᄒᆞᆫ兵馬의壓力으로佛國에加ᄒᆞ얏스니普魯西王國의流害가此等三國의게何故로及ᄒᆞ얏ᄂᆞᆫ요ᄒᆞ면此ᄂᆞᆫ皇帝와宰相이敢히平地에波瀾을攪起ᄒᆞ야古來所無ᄒᆞᆫ武備의平和ᄅᆞᆯ出現ᄒᆞ고及其每年夥多ᄒᆞᆫ租稅와不少ᄒᆞᆫ壯丁을所到各國에徵收ᄒᆞ야人文의發達을阻害ᄒᆞ고國民의幸福을抑制ᄒᆞ니嘵呼라帝와公은共是平和의賊이오文明의敵이아니리오ᄒᆞ니蓋此大使ᄂᆞᆫ絶代野心家拿破崙의股肱臣이라今에比斯麥을公平히評論ᄒᆞᄂᆞᆫ資格의有無ᄂᆞᆫ不知ᄒᆞᄂᆞ比斯麥이平地의波瀾을生ᄒᆞᄂᆞᆫ人이라云ᄒᆞᄂᆞᆫ一語ᄂᆞᆫ아마도

其意를不諒ᄒᆞᆷ은아니니盖此比公은日耳曼聯邦統一에對ᄒᆞ야丁抹、澳太利及佛國을犧牲에供ᄒᆞᆫ者라然이나人이란者ᄂᆞᆫ國民이되야生ᄒᆞᄂᆞ니旣爲國民이되야生ᄒᆞ얏ᄉᆞᆫ즉其祖國의光榮을不願ᄒᆞ고其祖國의富强을不望ᄒᆞᄂᆞᆫ者ㅣ可타ᄒᆞ리오況是優勝劣敗ᄂᆞᆫ社會의通理오適者生存은人世의常事ㅣ니此ᄂᆞᆫ比公의蹶起ᄒᆞ야外交에機端을先制ᄒᆞᄂᆞᆫ바所謂平地에波瀾을釀生ᄒᆞᆫ罪ᄂᆞᆫ此로써時勢를負ᄒᆞ얏스나또ᄒᆞᆫ公의知ᄒᆞᆯ바ᄂᆞᆫ아니니라

千八百五十三年에「구리마」戰爭이起ᄒᆞ얏스니此ᄂᆞᆫ露國과土耳其의交戰이라然이나其實은露國과其他歐羅巴强國의戰爭이니就中英、佛二國은一方主戰國이라時에比斯麥은「후랑구후루도」에駐箚使節이되얏더니澳太利ᄂᆞᆫ本來露國의南侵ᄒᆞᆷ을反抗ᄒᆞᄂᆞᆫ故로普國을誘ᄒᆞ야ᄒᆞᆷ께英、佛과同盟ᄒᆞ야露國이「바루간」으로通過ᄒᆞᆷ을擧ᄒᆞ야其違法ᄒᆞᆷ을詰責ᄒᆞ고兵馬를動ᄒᆞᄂᆞᆫ約을結코저ᄒᆞ니比斯麥이極力히此를爭ᄒᆞ야本國政府에向ᄒᆞ야決斷코排露同盟이不可ᄒᆞᆫ旨義를獻言ᄒᆞ니是ᄂᆞᆫ比斯麥이普澳開戰에對ᄒᆞᆫ外交上에第一準備오또ᄒᆞᆫ當時에旣是國家百年大計를豫度ᄒᆞ야說破ᄒᆞᆷ이

니日耳曼의統一은반다시人物風俗이不同ᄒᆞᆫ澳太利以外에此를求ᄒᆞᆯ지니目下聯邦ᄒᆞᄂᆞᆫ覇權은澳太利로브터普魯西에移來코져ᄒᆞᆷ에ᄂᆞᆫ早晩間普澳開戰ᄒᆞᆯ運命을避치못ᄒᆞᆯ것인즉今에露國과仇敵이되ᄂᆞᆫ意를買ᄒᆞᆷ과ᄀᆞᆺ치妄慮를出치못ᄒᆞᆯ지라且夫「구리마」戰爭에效果로ᄒᆞ야곰終末에露國이南侵政略을成就ᄒᆞᆷ에도普魯西ᄂᆞᆫ由此ᄒᆞ야痛痒을被ᄒᆞᆷ이少無ᄒᆞ고將且聯合國을全勝ᄒᆞᆷ에至ᄒᆞ야도普魯西ᄂᆞᆫ由此ᄒᆞ야收ᄒᆞᆫ利益이亦多ᄒᆞᆫ지라蓋此比公이如此히普王을說ᄒᆞ야澳國政治家를排斥ᄒᆞᆷ이라是以로千八百五十六年에巴里會議를開ᄒᆞᆷ에當ᄒᆞ야澳太利ᄂᆞᆫ鬱發ᄒᆞᆫ憤氣가無涯ᄒᆞᆫ時機가되야普魯西가參席에要求ᄒᆞᆷ을拒絶ᄒᆞ니形勢가旣爲如此ᄒᆞ야兩國間에禍機가已萠ᄒᆞᆫ지라比斯麥이攝政「우이루혜룸」의命을奉ᄒᆞ야露國駐剳全權公使로轉補ᄒᆞᆯ식他門에事變을豫備ᄒᆞ기爲ᄒᆞ야露廷大官으로더브러相結ᄒᆞ야其心을歡悅케ᄒᆞ얏다가一朝에緩急이有ᄒᆞ면彼等으로ᄒᆞ야곰普國近隣에在ᄒᆞ야全然히局外에中立ᄒᆞᄂᆞᆫ地位를保有케準備ᄒᆞᆷ이라其時에「사루띠니야」의宰相「가우루」가伊太利를統一ᄒᆞᆯ壯圖를抱ᄒᆞ야拿破崙三世의來援을得ᄒᆞ야墺太利의게叛逆ᄒᆞᄂᆞᆫ旗를翻ᄒᆞ니此時比

斯麥은佛國及「사루띠니아」와相結ᄒᆞ야普國이日耳曼의地方에進재ᄒᆞ야슨즉窃想건ᄃᆡ積年宿志를成就ᄒᆞᆯ時機가來ᄒᆞᆷ을悅ᄒᆞ얏스ᄂᆞ普魯西의外交政策은比斯麥의豫想外에出ᄒᆞ야도로혀墺太利를扶ᄒᆞᆷ에至ᄒᆞ얏스나然ᄒᆞ나此ᄂᆞᆫ本來普魯西가伊太利征討軍의指揮權을得코저ᄒᆞᄂᆞᆫ名譽心에出ᄒᆞᆫ것인故로써不久에普、墺兩國이不和ᄒᆞᆫ境에至ᄒᆞ니比斯麥이一時不快ᄒᆞᆷ을不堪ᄒᆞ야普國의意態가卽是復舊ᄒᆞ니라千八百六十一年一月에普王「후리또릿히、우이루헤름」第四가歿ᄒᆞ고「우이루헤름」第一世가王位에登ᄒᆞ니新王은大蓋英邁果銳ᄒᆞᆫ者ㅣ라「후헨쓰오루레룬」의大統을承ᄒᆞ야軍制改革事에注意ᄒᆞ야更次軍備를擴張ᄒᆞ야써國力을增進ᄒᆞᆯ計策을圖ᄒᆞᆯ식其時普國議會ᄂᆞᆫ財政이窘迫ᄒᆞᆫ故로써此提案을不決ᄒᆞ니王이決然히議會를解散ᄒᆞ고露國에在ᄒᆞᆫ比斯麥을召還ᄒᆞ사宰相을除授ᄒᆞ시니라前時에比斯麥이大命을奉承치아니ᄒᆞ야서先此深謀遠慮를圖成ᄒᆞ기爲ᄒᆞ야普墺開戰ᄒᆞ기前에佛國에赴ᄒᆞ야一世怪物拿破崙第三의人物을觀察코저ᄒᆞ야巴黎의入ᄒᆞ고또巴里에留ᄒᆞᆫ지九旬에仔細히拿破崙의性情을研究ᄒᆞ고飄然히「아우이니온」에旅行ᄒᆞ야其旅行中에서宰相으로

召ᄒᆞ시ᄂᆞᆫ命을承ᄒᆞ야伯林으로還來ᄒᆞ니라
比斯麥이旅遊를畢了ᄒᆞ고故國으로還ᄒᆞᆯ時에「아우이니온」山中에서橄欖一枝를携
來ᄒᆞ야會議ᄒᆞᄂᆞᆫ議場에現出ᄒᆞ야議員의게示ᄒᆞ고叫ᄒᆞ야曰
余ᄂᆞᆫ佛朗西南方에서此橄欖小枝를折取ᄒᆞ야進步派諸君의게平和ᄒᆞᄂᆞᆫ標章으로
此를贈ᄒᆞ기爲ᄒᆞ야持來ᄒᆞ얏스ᄂᆞ然이ᄂᆞ余ᄂᆞᆫ平和時代가아즉到來ᄒᆞ지못ᄒᆞᆫ줄로
知ᄒᆞ노라ᄒᆞ니
委員會ᄂᆞᆫ此結末의語를聽ᄒᆞ고모다嘲笑ᄒᆞ니比斯麥이聲을勵ᄒᆞ야曰
今日吾人의面前에提出ᄒᆞᆫ問題ᄂᆞᆫ議院에演說과議院의議決로因ᄒᆞ야能히解釋치
못ᄒᆞᆯ지니惟此血과鐵로브터初決ᄒᆞᆷ이可ᄒᆞ다ᄒᆞ더라
世人이鐵血政略의文字를慣用ᄒᆞᆷ은正히此有名ᄒᆞᆫ九月二十九日比斯麥의演說로브
터始ᄒᆞᆷ이라盖比斯麥의大政方針은議會를反對ᄒᆞᆫ바에在ᄒᆞᆫ즉比斯麥은또ᄒᆞᆫ死키로
決ᄒᆞ야議會와爭ᄒᆞ고其終末에新宰相은反對派領袖의게向ᄒᆞ야決鬪ᄒᆞᆷ을申請ᄒᆞᆷ에
至ᄒᆞ니(其紛擾ᄒᆞᆷ은言語로決斷ᄒᆞᄂᆞᆫ感意不無ᄒᆞᆯ지라)此ᄂᆞᆫ國家全權主義를挽回ᄒᆞ

야甚히立憲ᄒᆞᄂᆞᆫ動作이아님을試ᄒᆞᆷ이實로此時오暗殺ᄒᆞᄂᆞᆫ的標도ᄯᅩᄒᆞᆫ此時에因ᄒᆞ니라

此時에比斯麥은國會의猛烈ᄒᆞᆫ反抗에對ᄒᆞ야秋毫도屈ᄒᆞᆫᄇᆡ無ᄒᆞ고人民의憎惡ᄒᆞᆫ바ᄅᆞᆯ一身에蒐聚ᄒᆞ야危險ᄒᆞᆫ形勢가目前에在ᄒᆞ야도恒常其心은不撓ᄒᆞ더라一日에比斯麥이語ᄒᆞ야曰

卽今天下人心을滿足케ᄒᆞ랴면使余로絞首臺에先登ᄒᆞᆷ이最好計ᄂᆞ然이ᄂᆞ余ᄂᆞᆫ此ᄅᆞᆯ不肯ᄒᆞᆯ지니數年을僅過ᄒᆞᆫ後에余ᄅᆞᆯ見ᄒᆞ라余ᄂᆞᆫ必然히名聲이藉藉ᄒᆞ야天下民人의게歡迎을受ᄒᆞᄂᆞᆫ地位에立ᄒᆞ리라ᄒᆞ니

比斯麥은其自信ᄒᆞᆷ이如此ᄒᆞ고ᄯᅩ其先見ᄒᆞᄂᆞᆫ明鑑이如此ᄒᆞ더라末來에波蘭事件에當ᄒᆞ야露國에歡心을得ᄒᆞᆫ故로强大ᄒᆞᆫ軍隊ᄅᆞᆯ國境에進ᄒᆞ야前後相挾ᄒᆞ야波蘭에內亂을鎭定ᄒᆞ니라

千八百六十三年에澳廷聯邦會議ᄅᆞᆯ「후랑구후도」에開ᄒᆞᆯᄉᆡ比斯麥이普王께勸ᄒᆞ야會席에不叅ᄒᆞ니蓋此聯邦會議ᄂᆞᆫ곳普魯西ᄅᆞᆯ排斥ᄒᆞᄂᆞᆫ法案을討議ᄒᆞᆷ이라此에由ᄒᆞ

야普、澳兩國에禍機가將發ᄒᆞ고ᄯᅩ「수스례스우이히、호루스다인」의論議가紛起ᄒᆞᆷ
에及ᄒᆞ야드듸여戰爭을成ᄒᆞ니라

丁抹戰爭은當初로브터比斯麥의豫期ᄒᆞᆫ비아니라然이나이믜紛議가起ᄒᆞᆫ獨逸聯邦
은此ᄅᆞᆯ尋常히看過ᄒᆞᆷ은不可ᄒᆞᆫ지라於是에比斯麥이普魯西의地方을占領ᄒᆞᆯ計策을
圖ᄒᆞ야澳太利로더브러相結ᄒᆞᄂᆞᆫ心은가만히丁抹을一擊ᄒᆞ야破코저ᄒᆞᄂᆞ니倫敦條約
을破ᄒᆞᄂᆞᆫ責을懼ᄒᆞ야몬저普澳相携ᄒᆞ야聯邦會議에議案을提出ᄒᆞ니宜當히倫敦條
約에憑ᄒᆞ야此問題ᄅᆞᆯ決ᄒᆞ랴고請ᄒᆞᆷ이니盖此事의起源은丁抹에「아이떼루、떼마
구」黨되ᄂᆞᆫ者當時勢力을得ᄒᆞ야「구리스디안」第九世ᄅᆞᆯ促ᄒᆞ야新憲法을實施ᄒᆞ고
十一月十八日에「수례스우이싸」ᄅᆞᆯ丁抹領地에編入ᄒᆞᆫ바에在ᄒᆞ니라大抵聯邦會議
ᄂᆞᆫ本來보터普魯西國의動議에在ᄒᆞ더니今에丁抹이倫敦條約을違反ᄒᆞᆫ者라고決議
ᄒᆞ얏슨즉玆에比斯麥은他日列國干涉에對ᄒᆞᆯ口實을得ᄒᆞ야드듸여翌年一月에丁抹
의新憲法이倫敦條約에違犯ᄒᆞᆷ을擧ᄒᆞ야憲法을癈止ᄒᆞ라고申請ᄒᆞ니丁抹政府에서
不聽ᄒᆞᄂᆞᆫ지라於是에澳兵三萬과普軍四萬六千을發ᄒᆞ야將軍「우랑제누」로ᄒᆞ야곰

統領ᄒᆞ야「수례스우이따」에進軍ᄒᆞ니軍容이整肅ᄒᆞ더라五月에休戰談判을倫敦에開ᄒᆞ얏스나然이나成치못ᄒᆞ고또六月에普魯西「후리또릿히강루」親王의軍隊가「아루젠」島에上陸ᄒᆞ고「야하마룬」의督ᄒᆞᆫ普國艦隊는「야무슨또」에셔勝戰ᄒᆞ고其次에「헤루쏘랑도」의海戰이되고聯合艦隊가또大捷ᄒᆞ니七月十八日에休戰ᄒᆞ는約을結ᄒᆞ고十月三十日에「우이아나」의條約을成ᄒᆞ얏시니

此條約은丁抹戰爭終局을布告ᄒᆞᆫ者ㅣ나普澳兩國의戰勝은未決問題에屬ᄒᆞᆫ故로未來에兩國이列國共公問題에付ᄒᆞ야劇烈ᄒᆞᆫ論爭이始起ᄒᆞ야써「싸스다인」條約을締結ᄒᆞ니라

「싸스다인」條約은戰後에經理ᄒᆞ기爲ᄒᆞ야千八百六十五年八月十四日에聯邦間에相與締結ᄒᆞᆫ者이니其要項은左와如ᄒᆞ니라

第一普墺二國은「수례스호쑤」及「호루스다인」二公國에對ᄒᆞ야共同主權을有ᄒᆞ되但普國은「수례스후쑤」를管轄ᄒᆞ고墺國은「호루스다인」을管轄ᄒᆞ는事

第二墺國은二百五十萬「다례루」로써「라우웬베루쑤」를普國에讓與ᄒᆞ는事

第三「랠쓰베루히」及「기루」ᄂᆞᆫ聯邦의共有에屬케ᄒᆞ야特別히普國으로써「기루」ᄅᆞᆯ管理케ᄒᆞ고「호루스다인」을通ᄒᆞᆫ鐵道電線은普國이擔保ᄒᆞᄂᆞᆫ事이라

此條約은普魯西의利益이頗大ᄒᆞᆷ을可知ᄒᆞᆯ지니此ᄂᆞᆫ鐵血宰相의功業에屬ᄒᆞᆫ비라然이나墺太利及聯邦은甚히心中에不平ᄒᆞ야가만히墺太利及諸他聯邦은普國의擴張ᄒᆞᆷ을反抗ᄒᆞᆯ同盟을組織ᄒᆞᆷ으로써 一場大戰爭이起ᄒᆞ니라

漠漠ᄒᆞᆫ戰雲은北海로브터「바루딕구」海ᄭᆞ지至ᄒᆞᆫ歐洲의中原을蔽ᄒᆞ고淅瀝ᄒᆞᆫ急雨와閃忽ᄒᆞᆫ電光은瞬息間에襲來ᄒᆞ니是時를當ᄒᆞ야孤立地位에陷ᄒᆞᆫ普魯西ᄂᆞᆫ如何ᄒᆞᆫ計策으로其困難을脫出ᄒᆞ얏ᄂᆞ냐丁抹戰爭으로브터漸漸宰相의手假에敬服ᄒᆞᄂᆞᆫ國會ᄂᆞᆫ다시不滿ᄒᆞᆷ을聲言ᄒᆞ야財政을不顧ᄒᆞ고다만戰勝을賭코저ᄒᆞᄂᆞᆫ比斯麥의行動을怨望ᄒᆞ니然이나比斯麥은依舊ᄒᆞᆫ比斯麥이라一毫도其心이不屈ᄒᆞ야得意ᄒᆞᆫ外交術로써가만히伊太利ᄅᆞᆯ籠絡ᄒᆞ고ᄯᅩ拿破崙三世ᄅᆞᆯ會見ᄒᆞ야局外에中立ᄒᆞᄂᆞᆫ約束을結ᄒᆞ니此密約은佛國에向ᄒᆞ야其積年來로渴望ᄒᆞ든「라인」東岸地ᄅᆞᆯ割與ᄒᆞ고普魯西ᄂᆞᆫ丁抹事件에關ᄒᆞᆫ公國을幷呑ᄒᆞ고ᄯᅩ伊太利ᄂᆞᆫ「우웨네디아」ᄅᆞᆯ屬領ᄒᆞᄂᆞᆫ目的으

로써墺太利를對ᄒᆞ야三國이同盟을組織ᄒᆞ니라然이ᄂᆞ拿破崙은本來브터一諸을重히아니ᄒᆞᄂᆞᆫ政治家라是以로ᄯᅩ墺國을暗說ᄒᆞ야墺軍이戰克ᄒᆞ면宜當히「시례시아」의地를讓與ᄒᆞ깃다고慫慂ᄒᆞ더라此際에比斯麥은列國會議를巴黎에招集ᄒᆞ야兩國平和를維持ᄒᆞᆷ에向ᄒᆞ야周旋ᄒᆞ니其酬報ᄒᆞᆷ은兩便으로因ᄒᆞ야領地를獲ᄒᆞ기만ᄀᆞᆺ치못ᄒᆞᆷ을案出ᄒᆞ니比斯麥의計策은至此ᄒᆞ야始覺ᄒᆞ고手를拍ᄒᆞ야其妙策됨을嘆賞ᄒᆞ고卽時檄을飛ᄒᆞ야平和會議를開코저ᄒᆞᄂᆞ旣爲聯邦과氣脈을通ᄒᆞᆫ普國으로孤立境遇에陷케ᄒᆞᆫ墺太利ᄂᆞᆫ普國으로더브러干戈를交코저ᄒᆞᄂᆞᆫ故로拿破崙의提議를拒絕ᄒᆞ고平和會議의計畫은畵餠에歸ᄒᆞ니라

是로由ᄒᆞ야몬저墺太利ᄂᆞᆫ「수례스우이삭、호루스다인」의國公을「아우싸스덴베루히」公이라ᄒᆞ야獨立君主의資格으로써日耳曼聯邦에加盟케ᄒᆞ고저ᄒᆞᄂᆞ比斯麥은頑固히此를不聽ᄒᆞ야墺廷에覆牒을送ᄒᆞ니其辭에만일墺國으로ᄒᆞ야곰新加盟國에陸海軍을普國管下에置ᄒᆞ고及其丁抹에對ᄒᆞ야防衛ᄒᆞᄂᆞᆫ要地를普國에讓與ᄒᆞ면普國王은快快히墺國의提議를同意ᄒᆞ리라ᄒᆞ니是ᄂᆞᆫ新加盟國의獨立ᄒᆞᆯ資格을不許ᄒᆞᆷ

이니所謂普墺戰爭의根因은實로此時에在ᄒᆞ니라今에拿破崙의不和會議ᄂᆞᆫ其效가不成ᄒᆞ고只是所餘者ᄂᆞᆫ日耳曼에兩虎戰爭ᄒᆞᆷ을相見ᄒᆞᆯᄲᅮᆫ이러라

千八百六十六年六月에比斯麥이墺國에開戰ᄒᆞᆯ通知를發送ᄒᆞ고同時에伊太利도ᄯᅩᄒᆞᆫ墺國의게戰을請ᄒᆞ니墺國이前後에受敵ᄒᆞ야末來에「게닛히ᄭᅮ례쓰」에서一敗ᄒᆞ고再振치못ᄒᆞ니此結果를見ᄒᆞ면一驚ᄒᆞᆯ者ᄂᆞᆫ拿破崙이라拿破崙은墺國의大敗ᄒᆞᆷ을豫度지못ᄒᆞ고一邊으로普國에向ᄒᆞ야其進軍ᄒᆞᆷ을沮戱코저ᄒᆞ고一邊으로墺廷을說ᄒᆞ야仲裁（在間裁割者）의任을自己의게委托게ᄒᆞ고저ᄒᆞᄂᆞ然이ᄂᆞ比斯麥은拿破崙의野心을看破ᄒᆞ야其休戰提議에同意치아니ᄒᆞᆯᄲᅮᆫ이오眞實로墺太利로ᄒᆞ야곰戰爭에賠償을提出ᄒᆞ기ᄭᆞ지決斷ᄒᆞ야他國의干涉을不許ᄒᆞ기로爲言ᄒᆞ야「푸라ᄒᆞ」의條約을締結ᄒᆞ얏ᄉᆞᄂᆞ拿破崙은此時에「베네뎃디」로大使를숨아比斯麥의게屢日約束을履行케ᄒᆞ기爲ᄒᆞ야「마인스」를割ᄒᆞ야佛國에讓與치아니ᄒᆞ면佛國과一快戰을賭ᄒᆞ리라ᄒᆞ니比斯麥은當時佛國이墨西哥를遠征ᄒᆞᆫ故로아모리ᄒᆞ야도普魯西에向ᄒᆞ야干戈를動ᄒᆞᆯ力이不能ᄒᆞᆷ을知ᄒᆞ고「베네뎃디」의게荅ᄒᆞ야曰余ᄂᆞᆫ速히戰코저ᄒᆞ

노라ᄒᆞ더라

比斯麥의鐵血政略은二次其效를成ᄒᆞ야普魯西ᄂᆞᆫ今에北獨逸聯邦에盟主가되고또日耳曼帝國을粗成ᄒᆞ야「호헨쓰오루레룬」家로써帝室을숨고第三鐵血政略은是에至ᄒᆞ야畢竟에運用ᄒᆞ니라

千八百六十七年에「루구셈부ᄭᅮ」紛議ᄒᆞᄂᆞᆫ事가有ᄒᆞ니「루구셈부ᄭᅮ」ᄂᆞᆫ前에日耳曼聯邦에加盟ᄒᆞᆫ公國이ᄂᆞᆫ新北方獨逸聯邦에ᄂᆞᆫ叅與치아닌故로佛國皇帝拿破崙三世ᄂᆞᆫ和蘭國에要求ᄒᆞ야「루구셈부ᄭᅮ」를佛國이並合코져ᄒᆞ야先此普軍을「루구셈부ᄭᅮ」브터撤去케ᄒᆞ랴고ᄒᆞ야五月에列國이倫敦에會ᄒᆞ야歐洲平和를維持홈에向ᄒᆞ야드듸여六大列强共同擔保下에「루구셈부ᄭᅮ」를永世中立國으로定ᄒᆞ고普露西의駐兵을撤ᄒᆞ고堡砦를毁ᄒᆞᆯ議論을決ᄒᆞ니此ᄂᆞᆫ速히吾人으로ᄒᆞ야곰戰케ᄒᆞ랴고放言홈이니此時比斯麥이何故로倫敦會議에屈ᄒᆞ야其議決을奉行ᄒᆞ고腕을拱홈에至ᄒᆞ얏ᄂᆞ냐盖當時主戰論은國內輿論이아닌故로其情을務制ᄒᆞ야其議結에從ᄒᆞᆫ者ᄂᆞᆫ南方獨逸의前後에念慮ᄒᆞᆫ비有ᄒᆞ고一은墺太利의擧動에因ᄒᆞ야容易히出兵을

不許ᄒᆞᆯ事情이有ᄒᆞᆷ이러라

然이나南獨逸聯邦은漸次로比斯麥의掌中에籠絡ᄒᆞ고且巴里大博覽會예向ᄒᆞ야旅
行ᄒᆞ기前에北方獨逸聯邦과攻守同盟을結ᄒᆞ얏스니첨으로新聯邦會議ᄂᆞᆫ南北統一
ᄒᆞᆯ意思를抱ᄒᆞ야速히此實行을試코져ᄒᆞᆷ이라比斯麥이아즉其機運이未來ᄒᆞᆷ을信ᄒᆞ
야敢히彼統一說에耳를傾치아니ᄒᆞ니此ᄂᆞᆫ南獨逸諸州ᄂᆞᆫ北獨逸에比ᄒᆞ면民權의思
想이發達ᄒᆞ고自由의觀念이益多ᄒᆞᆫ故로今에輕率히此를聯合ᄒᆞᆷ은得計가아니오오
작日下에要ᄒᆞᆯ바ᄂᆞᆫ곳攻守同盟ᄒᆞᄂᆞᆫ密約을成ᄒᆞᆯ지라然이나此密約은一大打擊을拿
破崙의頭上에加ᄒᆞᆷ이니拿破崙은漸次狼狽되야嫉妬와痛憤이其胷中에交相往來ᄒᆞᆯ
뿐이라佛國國民의多年顒望ᄒᆞ든「례후론디웨루나듀레루」萊因東岸에地ᄂᆞᆫ何日에
其所領ᄒᆞᆷ을得ᄒᆞ며其衰替失敗ᄒᆞᆷ에歸ᄒᆞᆫ「메히고」遠征의惡名은何日에其所恥ᄒᆞᆷ을
雪ᄒᆞ리요오히려自巳의地位를保有ᄒᆞᆷ에도獨逸과戰爭을不可不開ᄒᆞᆯ줄로認ᄒᆞ고全
力을注ᄒᆞ야墺太利를敎唆ᄒᆞ야普魯西를反抗케ᄒᆞ니然이나狡猾ᄒᆞᆫ比斯麥은「루마
니아」의國王과相結ᄒᆞ야拿破崙의陰謀를오히려妨害ᄒᆞ니拿破崙은憤氣가如燃ᄒᆞ

야一日이라도速히普魯西를一擊下에壞滅ᄒᆞ랴고決意ᄒᆞ더라

比斯麥이事態가旣爲如此홈을見ᄒᆞ고千八百五十二年「구리먀」戰後에巴里條約을改正ᄒᆞ야露國의利益을伸張ᄒᆞᄂᆞᆫ約定으로ᄡᅥ露帝가「엠스」에來幸ᄒᆞ니比斯麥이露帝게謁見을求ᄒᆞ야가만히露國이普國을爲ᄒᆞ야後援을與ᄒᆞᄂᆞᆫ義務를擔키로秘密條約을締結ᄒᆞ고今에普魯西에在ᄒᆞ야ᄂᆞᆫ開戰에關ᄒᆞᆫ準備를全혀整頓ᄒᆞ니라是時에西班牙王統을爭議홈으로由ᄒᆞ야今에「라딘」民族과「스라우」民族이一大衝突을現出ᄒᆞ니拿破崙大帝의名譽를荷ᄒᆞᆫ佛國은一敗地에至ᄒᆞ고「호헨쓰 오루레루」의王統은永久히獨逸帝國에歸ᄒᆞ얏스니比斯麥의少時에瑞典南境에서放吐ᄒᆞ든大言은寸分도違치아니ᄒᆞ니其先見의自信홈이如此ᄒᆞ더라

鐵血政略의效力은旣爲如此ᄒᆞ고또獨逸帝國을建設ᄒᆞᆫ後에其運用ᄒᆞᆫ政略을詳考ᄒᆞ면名은곳鐵血이라云ᄒᆞᄂᆞ其實은此普魯西를爲ᄒᆞ야永遠ᄒᆞᆫ平和를需用ᄒᆞᆫ手段이라其果然ᄒᆞ면此를古來英雄의慣行政略이라ᄒᆞ야比公의創造에係ᄒᆞᆫ비아니라ᄒᆞᄂᆞᆫ者ᄂᆞᆫ外樣으로知ᄒᆞᆯᄲᅮᆫ이라嗟呼라「아레기산따」의略과拿破崙의業은偉타ᄒᆞᆫ즉偉ᄒᆞᄂᆞ

其略과其業에待ᄒᆞᆫ밧者ᄂᆞᆫᄒᆞᆫ갓領地ᄅᆞᆯ擴大ᄒᆞ고版圖ᄅᆞᆯ展開ᄒᆞᆷ에在ᄒᆞᆯᄲᅮᆫ이라和平에豈在ᄒᆞ리오大抵劒은一般是劒이로ᄃᆡ妄佞히人을斬ᄒᆞ고馬ᄅᆞᆯ斬ᄒᆞᄂᆞᆫ者ᄂᆞᆫ彼等의劒이오生命을保護ᄒᆞ고財産을完全ᄒᆞ기爲ᄒᆞ야人을斬ᄒᆞ고馬ᄅᆞᆯ斬ᄒᆞᆫ者ᄂᆞᆫ곳比斯麥의劒이니라

第三　國家社會主義

千八百七十八年五月十一日에「운데루덴린덴」(街名也)에서社會黨一員의名은「헤쩨루」란者ㅣ短銃을擧ᄒᆞ야皇帝「우이루혜룸」第一世ᄅᆞᆯ狙擊ᄒᆞ니此凶變은宰相比斯麥의腦髓ᄅᆞᆯ痛深히刺激ᄒᆞᆫ者ㅣ니彼로ᄒᆞ야곰無端히人類史上에新紀元이라云ᄒᆞ기可ᄒᆞᆫ國家社會主義의勃興ᄒᆞᆷ을促成케ᄒᆞ얏ᄂᆞ니라

「헤쩨루」ᄂᆞᆫ正히當時施政을不平히여기여出版과言語에爲政者의壓力을反抗ᄒᆞ야動ᄒᆞᆫ者ᄲᅮᆫ이니比斯麥은覺悟ᄒᆞᆯ지라外交手段에만因ᄒᆞ고鐵血政略에만因ᄒᆞᆯᄲᅮᆫ이면帝國을能히扶支ᄒᆞ지못ᄒᆞᆯ지니、다만扶持ᄒᆞ지못ᄒᆞᆯᄲᅮᆫ아니라如此히外交鐵血의光榮만賴ᄒᆞᆷ은皇帝의一身에危害가及ᄒᆞ고全帝國에運命을危殆케ᄒᆞᆯ지니此ᄂᆞᆫ比斯麥

覺悟ᄒᆞᆫ비라然故로此時에由ᄒᆞ야比斯麥은其廣大ᄒᆞᆫ外交家의地位로因ᄒᆞ야全速力으로써內治政治家의範圍中에趨向ᄒᆞ얏스니最初比斯麥의眼中에ᄂᆞᆫ社會問題에大題目은照見치아니ᄒᆞ얏ᄂᆞ니라

만일精密히議論ᄒᆞ면社會問題에關ᄒᆞ야比斯麥의一定ᄒᆞᆫ見解ᄅᆞᆯ得ᄒᆞᆫ日은벌서帝國建設ᄒᆞ기前에在타ᄒᆞᆷ이可ᄒᆞᆯ진저譬ᄒᆞ면千八百六十三年에內務大臣「오이렌뻬루히」伯의게向ᄒᆞ야貧窮年老ᄒᆞᆫ勞働者ᄅᆞᆯ保護ᄒᆞᆷ에就ᄒᆞ야比斯麥이其所見을發表ᄒᆞᆷ으로써알지라然이나此ᄂᆞᆫ只是世上에目見ᄒᆞᄂᆞᆫ貧民을保護ᄒᆞᆷ에止ᄒᆞᆯ뿐이오國家社會主義로發動ᄒᆞᄂᆞᆫ結果ᄂᆞᆫ아니니恰似히貯蓄을勸奬ᄒᆞ야各人의不測ᄒᆞᆫ變을備ᄒᆞᆯ비有케ᄒᆞᆷ과一個人의貧困ᄒᆞᆫ境을拯救ᄒᆞᄂᆞᆫ者의게一般比較라然이나「헤떼루」의弑君ᄒᆞᆯ謀가有ᄒᆞᆷ으로브터比斯麥의心中에社會黨으로ᄒᆞ야곰國家ᄅᆞᆯ廢壞ᄒᆞᆷ에至ᄒᆞᆷ이一大魔力이라고思ᄒᆞ야此ᄅᆞᆯ鎭壓ᄒᆞ기爲ᄒᆞ야ᄎᆞ라리國家力으로써貧者弱者ᄅᆞᆯ救護ᄒᆞᄂᆞᆫ妙策을解得ᄒᆞ얏ᄂᆞ니라

國家社會主義ᄂᆞᆫ何也오千八百八十八年四月二日에國會에서比斯麥의演說에說明

을如左이ᄒᆞ얏스니

余ᄂᆞᆫ基督敎徒에由ᄒᆞ야結合ᄒᆞᆫ國家ᄅᆞᆯ歡迎ᄒᆞ노라盖如此ᄒᆞᆫ國家ᄂᆞᆫ社會上義務에觀念이多ᄒᆞᄂᆞ니또社會上義務되ᄂᆞᆫ觀念은國家의結合을强케ᄒᆞ야其幸福을增進ᄒᆞᆷ에必要ᄒᆞᆯ者라世上에貧者와富者가有ᄒᆞ고資本家와勞動者가有ᄒᆞᆷ은人生苦樂場裏에通常ᄒᆞᆫ理由라如此히人生의懸殊ᄒᆞᆷ이有ᄒᆞᆷ으로富者ᄂᆞᆫ貧者ᄅᆞᆯ恤ᄒᆞ고資本家ᄂᆞᆫ勞動者ᄅᆞᆯ救ᄒᆞᄂᆞᆫ必要가生ᄒᆞᄂᆞ니苟或懸殊와差別이無ᄒᆞ면何等必要가有ᄒᆞ리오慈善ᄒᆞᆫ敎ᄅᆞᆯ說ᄒᆞᆯ지라然이나또富者가貧者ᄅᆞᆯ不恤ᄒᆞ고資本家가勞動者ᄅᆞᆯ不救ᄒᆞᆫ다ᄒᆞ면國家ᄂᆞᆫ臣民으로ᄒᆞ야곰其社會上義務ᄅᆞᆯ忠實케ᄒᆞ기爲ᄒᆞ야其素有權力으로ᄡᅥ富者와資本家의게壓力을加ᄒᆞᆫ다ᄒᆞ니

國家의力으로ᄡᅥ貧者弱者ᄅᆞᆯ救ᄒᆞᄂᆞᆫ義務ᄅᆞᆯ强行코저ᄒᆞᆷ이니是ᄂᆞᆫ곳比斯麥의國家社會主義라此主義에由ᄒᆞ야貧富의爭鬪을矯和케ᄒᆞ면國家의運命은一毫도憂ᄒᆞᆯ비無ᄒᆞᆯ지라比斯麥은帝國保險局을設ᄒᆞ고또帝國補助金을造ᄒᆞ야其一切費用을資本家로擔負케ᄒᆞ고此로由ᄒᆞ야勞動者의災害ᄅᆞᆯ救護ᄒᆞᆯ計畫을設ᄒᆞ니라千八百八十一年

二月一日國會에提出ᄒᆞᆫ勞動者災害保險法案에關ᄒᆞ야有益ᄒᆞᆫ一場演說을試ᄒᆞ야應用上基督敎의主旨를陳述ᄒᆞ고他日養老保險制度를設定ᄒᆞᆷ을希望ᄒᆞ얏스ᄂᆞ然이ᄂᆞ不幸ᄒᆞ야國會ᄂᆞᆫ比斯麥의苦心經營ᄒᆞᆫ法案을不決ᄒᆞ고社會民政黨中央黨은相與反對ᄒᆞ야曰政府가保險局을設ᄒᆞ고補助金을貯ᄒᆞᆷ은ᄒᆞᆫ갓帝國의權威를大케ᄒᆞ야其結果ᄂᆞᆫ專制에及ᄒᆞᆫ流弊가不無ᄒᆞ리라ᄒᆞ더라

於是에比斯麥이葉烟草專賣法의利益으로써勞動者의災害及老衰保險에應用ᄒᆞ야家產世業이無ᄒᆞᆫ貧者의게財產을充코저ᄒᆞ얏스ᄂᆞ是ᄂᆞᆫ亦其目的을不達ᄒᆞ얏ᄂᆞ니라

千八百八十四年六月二十七日天災保險法案을可決ᄒᆞ얏스니此ᄂᆞᆫ比斯麥의宿志를初成ᄒᆞᆷ이라其後에病災保險과養老保險諸法을確設ᄒᆞᆷ에及ᄒᆞ야國務卿「마루샤루」가國會에出ᄒᆞ야感嘆ᄒᆞᄂᆞᆫ情으로演說ᄒᆞ야曰

此萬國法制中에所無ᄒᆞᆫ事業을完成ᄒᆞᆫ獨逸帝國의光榮은맛당히如何ᄒᆞ뇨吾帝國에一大紀元을開ᄒᆞᆫ效勳은建國大業에比ᄒᆞ야도오히려優ᄒᆞᆫ비有ᄒᆞᆯ지라勞動者ᄂᆞᆫ喜悅ᄒᆞᄂᆞᆫ情이充溢ᄒᆞ야帝國의恩惠를感謝ᄒᆞ고또其感謝ᄒᆞᆷ은益益히帝國에一致

結合을鞏固케ᄒᆞᄂᆞᆫ維紐이라ᄒᆞ얏ᄉᆞ니

是ᄂᆞᆫ過言이아니오失當ᄒᆞᆫ評論이아니라然則比斯麥은ᄯᅩᄒᆞᆫ其創業ᄒᆞᆫ功을成ᄒᆞ야此一大光榮을荷ᄒᆞᄂᆞᆫ人이라然이ᄂᆞ保險法의制定은國家社會主義의實現ᄒᆞᆫ全體ᄂᆞᆫ아니라先此比斯麥은數次國家專業에有利ᄒᆞᆷ을說ᄒᆞ얏ᄉᆞ니國有鐵道의範圍ᄅᆞᆯ擴張ᄒᆞ고烟草專賣와「부랑떼ㅣ」專賣ᄒᆞᄂᆞᆫ法案을提出ᄒᆞ고特別히稅制改革에關ᄒᆞ야意ᄅᆞᆯ用ᄒᆞᆷ이頗大ᄒᆞ니라千八百七十八年二月二十二日에租稅ᄂᆞᆫ徐徐히定課ᄒᆞᄂᆞᆫ演說과千八百八十一年三月十七日에累進所得稅法案의說明은一是比斯麥의所謂國家社會主義에出ᄒᆞᆫ비니라盖比斯麥의理想을語ᄒᆞ면全國의鐵道ᄅᆞᆯ모다國有가되고저ᄒᆞ며烟草와「부랑떼ㅣ」와穀物도國家로ᄇᆞ터專賣ᄒᆞ야乘機商의買占等으로由ᄒᆞ야起ᄒᆞᄂᆞᆫ貧民의苦痛을救코저ᄒᆞᆷ이니比斯麥은租稅에賦課로ᄒᆞ야곰期於히公平케ᄒᆞ고저ᄒᆞᄂᆞᆫ意로累進法을行ᄒᆞᆷ을主張코저ᄒᆞᆷ이라大抵比斯麥은國家로ᄒᆞ야곰人民의社會主義務ᄅᆞᆯ强行케ᄒᆞᆯᄲᅮᆫ아니오國家로ᄒᆞ야곰資本家ᄅᆞᆯ管理코저ᄒᆞᆷ이니國家에要ᄒᆞᆯ바ᄂᆞᆫ滊船과汽車이니ᄯᅩ滊船과滊車ᄅᆞᆯ主張ᄒᆞᆷ이아니라其資本을爲ᄒᆞᆷ이니此ᄂᆞᆫ比斯

麥의理想이라一日에比斯麥이言ᄒᆞ야曰

余ᄂᆞᆫ敢히余의計畫을卽時에成就ᄒᆞᆷ을希望ᄒᆞᆷ이아니라然이나반다시其成就ᄒᆞᆯ日이有ᄒᆞᆷ은余의素信ᄒᆞᆫ바ㅣ니是ᄂᆞᆫ余의力에依ᄒᆞᆷ이아니오余의事業中에所在眞理의勢力이有ᄒᆞᆫᄇᆡ라ᄒᆞ더라

嗚呼라鉄血政略의創設과國家社會主義의基本은實로古今을通ᄒᆞ야도比斯麥과如ᄒᆞᆫ偉大ᄒᆞᆫ政治家ᄂᆞᆫ未有ᄒᆞ니라「이웨린ᄉᆞᆨ」가言ᄒᆞ야曰

羅馬ᄂᆞᆫ三大世界를一統ᄒᆞ얏스니其一은「시ㅣ자아」로브터一統ᄒᆞ고其二ᄂᆞᆫ法王으로브터一統ᄒᆞ고其三은「쟈스디니안」으로브터一統ᄒᆞ얏다ᄒᆞ니

卽今天下에武備上平和를要ᄒᆞᄂᆞᆫ列國은擧皆比斯麥의鉄血政略을蹈襲지아니ᄒᆞᄂᆞᆫ者ㅣ無ᄒᆞ고勞動問題에振作ᄒᆞᄂᆞᆫ世界ᄂᆞᆫ現今東西洋到處에國家社會主義를應用치아니ᄒᆞᄂᆞᆫ者ㅣ無ᄒᆞ니然則比斯麥의二大功業은世界를風靡ᄒᆞ얏스니古今에如此ᄒᆞᆫ人이豈有ᄒᆞ리오

第四　比公論

某年某時에公이「류뎨스ᄒᆞ임」에서一葉小舟를乘ᄒᆞ고月夜에萬里長江을浮遊ᄒᆞᆯᄉᆡ舟를泛ᄒᆞ야中流에來ᄒᆞ야衣를脫ᄒᆞ고忽然히波間에投入ᄒᆞ야游泳ᄒᆞᆫ지若干時頃에다시「빈겐」의邊에到ᄒᆞ야舟에登ᄒᆞ야家에還ᄒᆞᆯᄉᆡ其日記를探ᄒᆞ야書ᄒᆞ야曰照ᄒᆞᄂᆞᆫ바ᄂᆞᆫ空中에一輪月이오聽ᄒᆞᄂᆞᆫ바ᄂᆞᆫ身邊에觸鳴ᄒᆞᄂᆞᆫ金波聲이라嗚呼라五更深夜에萬籟閒寂ᄒᆞᆯ時에江上에獨泛ᄒᆞ야風月을專主ᄒᆞ니其快樂ᄒᆞᆷ을可以勝言치못ᄒᆞ리라ᄒᆞ더라일즉一日에公이「후리ᄯᅩ리릿히스루」에在ᄒᆞ야語曰余의心神의高趣ᄂᆞᆫ寂寥ᄒᆞᆫ森林中에默坐ᄒᆞ야啄木鳥의幽邃ᄒᆞᆫ喬木을叩ᄒᆞᄂᆞᆫ聲을聽ᄒᆞᆷ에在ᄒᆞ다ᄒᆞ니然則公은ᄯᅩᄒᆞᆫ天地寂寥ᄒᆞᆷ을愛ᄒᆞᄂᆞᆫ人인가彼某文人이比公으로ᄒᆞ야곰詩人의性味가有ᄒᆞ다ᄒᆞ니吾人은眞實로其理由을認識코져ᄒᆞᄂᆞ니其一方에ᄂᆞᆫ鐵과血을大叫ᄒᆞᄂᆞᆫ政治家되고其他方에ᄂᆞᆫ此所謂詩人性이有ᄒᆞ니此로써觀ᄒᆞ면比公의人格은超然히古今英雄中에卓立ᄒᆞᆫ者ㅣ라

千八百七十年中에普國과佛國이戰鬪을將起ᄒᆞᆯ時에公이烏阿魯幾地에滯在ᄒᆞ더니急ᄒᆞᆫ電報를接見ᄒᆞ고倍道ᄒᆞ야伯林으로進ᄒᆞᆯᄉᆡ日暮에一村店에至ᄒᆞ야一僧이公의

게求見ᄒᆞ니公이僧을對ᄒᆞ야一言도發치아니ᄒᆞ고佩釰을取ᄒᆞ야十字形으로地를畫ᄒᆞ고馬를馳ᄒᆞ야去ᄒᆞ니僧이其狀을見ᄒᆞ고公의戰心이已決ᄒᆞᆷ을知ᄒᆞ얏ᄉᆞ니盖十字形은곳十字軍의意러라公이儉素ᄒᆞᆷ을甚好ᄒᆞ야其居ᄒᆞᆫ바家舍를仍舊ᄒᆞ야改修치아니ᄒᆞ고오작庭前에柏檜數株를植ᄒᆞ고客室에珍玩器가無ᄒᆞ고壁間에古賢人稽爾氏의畵像과千八百七十一年普法條約一幀을掛ᄒᆞ얏더라

公이少時에士官으로在ᄒᆞᆯ時에一日에二三友人으로더부러一橋邊에散步ᄒᆞᆯ식適有一馬夫가河瀕에馬를飮ᄒᆞ다가足蹶ᄒᆞ야忽然히水에墮ᄒᆞ니公이見ᄒᆞ고밋처衣를脫치못ᄒᆞ고水中에飛入ᄒᆞ야少頃에其人을救ᄒᆞ야抱ᄒᆞ고水上에出ᄒᆞ니人이其俠義를感ᄒᆞ야人을救ᄒᆞᆫ功으로써一銀牌賞을得ᄒᆞ얏더니其後에各國黃金寶石勳章을受ᄒᆞ야도公이皆不佩ᄒᆞ고惟此小銀牌를佩ᄒᆞ니時에某公使가見ᄒᆞ고怪問ᄒᆞᆫᄃᆡ公이答曰此ᄂᆞᆫ余의少年時에一人을危急中에救ᄒᆞᆫ故로此賞牌를得ᄒᆞ얏ᄉᆞ니以此로心을勵ᄒᆞ야壯年時豪氣를不忘ᄒᆞ노라公使ㅣ聽ᄒᆞ고歎服ᄒᆞ더라

公이農事를好ᄒᆞ야家에一閑圃가有ᄒᆞ니無事時에其夫人、女、公子를聚ᄒᆞ야其中에

竹을種ᄒᆞ며菜ᄅᆞᆯ蒔ᄒᆞ야써天地間에家庭樂事가此에莫過ᄒᆞ다ᄒᆞ니夫人이公의게謂ᄒᆞ야曰公이身에天下重任을荷ᄒᆞ야宜當히政治로爲事ᄒᆞᆯ지니何必鍬、畚을執ᄒᆞ야碌碌ᄒᆞᆫ種菜儂을學ᄒᆞ리오ᄒᆞ니公이笑ᄒᆞ고不荅ᄒᆞ더라

公이平生에交際ᄅᆞᆯ不好ᄒᆞ야宴會에辭讓ᄒᆞ고不赴ᄒᆞ며客이來ᄒᆞ야久談ᄒᆞᆷ을不愛ᄒᆞ니人이公의게問曰公이客을厭ᄒᆞ니또ᄒᆞᆫ其久坐ᄒᆞᆷ을避ᄒᆞᄂᆞᆫ法이有乎아公이笑曰此ᄂᆞᆫ甚히易ᄒᆞ니라客이來ᄒᆞ야久坐ᄒᆞ거든몬져婢僕等의게付托ᄒᆞ야夫人의命을傳ᄒᆞ되要緊ᄒᆞᆫ事가有ᄒᆞ다ᄒᆞ면客이聞ᄒᆞ고必去ᄒᆞᆯ지니此ᄂᆞᆫ客의久坐ᄒᆞᆷ을避ᄒᆞᄂᆞᆫ一法이라ᄒᆞ니聞者ㅣ大笑ᄒᆞ더라

公이常曰實施政治家ᄂᆞᆫ演說을不好ᄒᆞᄂᆞ니大抵演說ᄒᆞᄂᆞᆫ人은天下에滑稽多辯ᄒᆞᆫ人이니此人은반다시實地ᄅᆞᆯ脚踏지못ᄒᆞᆫ者오다만趨巧偸竊ᄒᆞᄂᆞᆫ輩라吾가數十年을閱歷ᄒᆞ야此輩의肺肝을透見ᄒᆞ얏노라

公이伯林에在ᄒᆞᆫ時에偶然히「운데루덴린쎈」에서逍遙ᄒᆞᆯ식時에一凶漢이其所携短銃을擧ᄒᆞ야公을四次射擊ᄒᆞ야不中ᄒᆞ니公이身을挺ᄒᆞ야兇漢을捉得ᄒᆞ야邏卒의게

押送ᄒᆞ고獨自悠然히「우루헤루미나」私第에還ᄒᆞ니몬저公의宅에公을來謁ᄒᆞᄂᆞᆫ賓客이客堂에滿坐ᄒᆞ야公의來到홈을待ᄒᆞ니公이ᄯᅩᄒᆞᆫ歸來ᄒᆞ야곳應接室에入ᄒᆞ야談笑ᄒᆞ기를一毫도平常時와異치아니ᄒᆞᆫ즉四圍卓子에諸賓은一人도數分前에公의凶變을知ᄒᆞᄂᆞᆫ者ㅣ無ᄒᆞᆯ지라然이나其事變의消息이이믜市中에傳播ᄒᆞ야드듸여宮中에達ᄒᆞ니老帝「우이루헤룸」이大驚ᄒᆞ야車駕를急裝ᄒᆞ야此公의私第에來臨ᄒᆞ시니於是에滿堂談客이처음으로公이生死에關ᄒᆞᆫ大變을當ᄒᆞᆫ줄知ᄒᆞ얏더라老帝還幸ᄒᆞᆫ後에公이出ᄒᆞ야館前樓臺에上ᄒᆞ야堵集ᄒᆞᆫ公衆을向ᄒᆞ야演說ᄒᆞ야曰諸君은聽ᄒᆞ라吾國君을爲ᄒᆞ고吾祖國을爲ᄒᆞ야余ᄂᆞᆫ恒常身命을不顧ᄒᆞᄂᆞ니抑亦余의生前에屍를馬革에裹홈과將且街頭에서刺客의毒手에斃홈을余ᄂᆞᆫ不擇ᄒᆞᆯ지니余ᄂᆞᆫ何境遇에在ᄒᆞ야死ᄒᆞ야도屑屑히瞑目코저ᄒᆞ노라ᄒᆞ니是ᄂᆞᆫ此公의가장光輝ᄒᆞᆫ暫時間事가아니리오昔者에「베네씨구도、 스피노자」가深思默考ᄒᆞ야首를垂ᄒᆞ고街頭에步行ᄒᆞᆯ시時에一刺客이銃을執ᄒᆞ야當場에一擊ᄒᆞ니彈丸이「스피노자」의衣를掠過ᄒᆞᄂᆞᆫ지라於是에頭를擡ᄒᆞ야刺客을望見ᄒᆞ고다시首를垂ᄒᆞ야依然히沉思默慮ᄒᆞ야悠悠히步

行ᄒᆞ얏다ᄒᆞ니比公으로써「스피노자」의게比ᄒᆞ면余ᄂᆞᆫ公의態度가오히려不及ᄒᆞ다ᄒᆞᆯ지라도其客室에入ᄒᆞ야談笑ᄒᆞᆷ에一毫도事變을見ᄒᆞᆫ氣色이無ᄒᆞᆷ은엇지眞實로壯치아니ᄒᆞ리오

일즉獨軍을整齊ᄒᆞ야巴黎에入ᄒᆞᆯ시公이ᄯᅩᄒᆞᆫ其隊後에馬ᄅᆞᆯ驅進ᄒᆞ야드듸여凱旋門邊에至ᄒᆞ니敗國에市民이環堵ᄒᆞ야此ᄅᆞᆯ目送ᄒᆞᄂᆞᆫ者ㅣ盖世ᄒᆞᄂᆞᆫ氣가面에顯치아니ᄒᆞᆫ者無ᄒᆞ고鬱憤ᄒᆞᆫ情이胷에燃치아니ᄒᆞᆫ者無ᄒᆞᆫ지라其中에一箇工匠이더욱怒氣ᄅᆞᆯ含ᄒᆞ야公을嫉視ᄒᆞ다가稍稍히近到ᄒᆞ야其懷中을探ᄒᆞ야公을擊코저ᄒᆞᄂᆞᆫ貌樣이有ᄒᆞ니公이此ᄅᆞᆯ覩ᄒᆞ고馬首ᄅᆞᆯ回轉ᄒᆞ야其工匠의側에往ᄒᆞ야極히謙遜ᄒᆞᆫ言辭로써其消盡ᄒᆞᆫ葉卷에火ᄅᆞᆯ請ᄒᆞ니其言辭가頗恭ᄒᆞᆫ지라激昂ᄒᆞᆫ憤心이頂上ᄭᆞ지達ᄒᆞᆫ市上의愛國者ᄂᆞᆫ意外에鄰國大宰相의게言語ᄅᆞᆯ相交ᄒᆞ니心中에一驚ᄒᆞ야額에通上ᄒᆞᆫ怒脉은暫時에收縮ᄒᆞ고顰蹙ᄒᆞᆫ眉間은忽然히展開ᄒᆞ야容貌가極히快活ᄒᆞ니是에至ᄒᆞ야懷中에藏匿ᄒᆞᆫ兇器ᄂᆞᆫ無用ᄒᆞᆷ에歸ᄒᆞᆫ지라오즉一笑ᄒᆞ고公의背後ᄅᆞᆯ眺望ᄒᆞ고立ᄒᆞ니禍ᄅᆞᆯ轉ᄒᆞ야福이됨은ᄯᅩᄒᆞᆫ公의膽略中으로出來ᄒᆞᆷ이러라

一日에公이其別墅「우루딘」에赴ᄒᆞᆯ식滊車ᄅᆞᆯ乘ᄒᆞ고伯林을發ᄒᆞ야「수라웨」의停車塲에到着ᄒᆞ니時에一旅客이公과ᄒᆞᆷ쎄車ᄅᆞᆯ下ᄒᆞ야其傍待合室椅上에憑坐ᄒᆞ야少時間을休憩ᄒᆞᆯ식公이ᄯᅩᄒᆞᆫ其側에在ᄒᆞ더니須臾에彼旅客이公을向ᄒᆞ야慇懃ᄒᆞᆫ鄕里訛語로써語ᄒᆞ야曰足下ᄂᆞᆫ伯林으로브터來ᄒᆞ시ᄂᆞᆫ잇가公이答曰然ᄒᆞ다彼旅客이更語ᄒᆞ야曰商務次로此地에來ᄒᆞ얏ᄂᆞ냐ᄒᆞ거ᄂᆞᆯ公이反問ᄒᆞ야曰足下의商業은何商이뇨彼旅客이答曰余ᄂᆞᆫ靴屋이라ᄒᆞ니公이曰然乎아余도ᄯᅩᄒᆞᆫ靴屋이로라於是에彼旅客이幽谷跫音을聞ᄒᆞᆷ과如ᄒᆞᆫ面色으로喜ᄆᆡᄒᆞ야曰足下도ᄯᅩᄒᆞᆫ靴工이면伯林에서ᄂᆞᆫ正히商利가繁昌ᄒᆞ깃다ᄒᆞ니公이謝曰念慮ᄒᆞ신德澤이라고ᄒᆞ더니此時에嚴肅히服裝을着ᄒᆞᆫ從者가公前에來ᄒᆞ야頓首再拜ᄒᆞ고公의所乘馬車ᄅᆞᆯ準備ᄒᆞ얏다報ᄒᆞ니公이椅子ᄅᆞᆯ離ᄒᆞ야靴工의肩을叩ᄒᆞ야曰今日에相陪치못ᄒᆞ얏스니足下ᄂᆞᆫ他日에만일伯林에來ᄒᆞ거든「우이루헤룸」地七十六號「總理大臣官邸所在地」ᄅᆞᆯ尋來ᄒᆞ시요此ᄂᆞᆫ곳余의工塲이在ᄒᆞᆫ바라ᄒᆞ고卽時出去ᄒᆞ얏스니鐵血宰相의變化도ᄯᅩᄒᆞᆫ極히奇異ᄒᆞ더라

大凡如此ᄒᆞᆫ者ᄂᆞᆫ比公으로ᄒᆞ야곰詩人의性이有ᄒᆞᆫ바이니다시詩人의物色을變ᄒᆞ야活劇ᄒᆞᆫ人物이될지라然ᄒᆞ야人은其詩人의性味가有ᄒᆞᆷ을依賴ᄒᆞ야公을欽慕ᄒᆞᆷ이아니리오吾人이比公의人物을揚美ᄒᆞᆯ바ᄂᆞᆫ몬저此에在ᄒᆞᆯ비아니니라

公은今世紀中에尤大ᄒᆞᆫ政治家이니此ᄂᆞᆫ반다시ᄒᆞᆫ갓時運所效에依憑ᄒᆞᆷ이아니라이믜公이佛國에公使로派遣ᄒᆞ야巴黎에在ᄒᆞᆯ時에代理公使「삭리후、웬디웬베루히」되ᄂᆞᆫ人과當時高名ᄒᆞᆫ士人이其自筆로能히格言을蒐集ᄒᆞᆫ一冊의「아루밤」을調製ᄒᆞᆯ석「세조ㅣ、디에ㅣ루」及比斯麥의處世ᄒᆞᆫ規模가其中더욱趣味가有ᄒᆞᆷ을覺ᄒᆞ노라

「세조ㅣ」先書ᄒᆞ야曰

余가오ᄅᆡ處世上에經驗은余의게數次만히忍容ᄒᆞᄂᆞᆫ必要를敎ᄒᆞ얏스ᄂᆞ然이ᄂᆞ一物도忘却ᄒᆞ야去치아니ᄒᆞ얏노라

「디웨ㅣ루」ᄂᆞᆫ其次에記ᄒᆞ야曰

余가僅小ᄒᆞᆫ公務上에經歷으로由ᄒᆞ면寬恕忍容ᄒᆞᆫ美德은此吾所以成立ᄒᆞᆫ基礎이니라

最後에比斯麥이筆을揮ᄒᆞ야曰

余의存在홈은夥多히諸般事를忘却ᄒᆞ얏스ᄂᆞ獨히自己에向홀뿐아니라非常히寬大ᄒᆞᆫ要領을知케ᄒᆞ노라

此比公의意氣ᄂᆞᆫ아모리ᄒᆞ야도前二者의及지못홀ᄇᆡ라想컨ᄃᆡ公이人을屈케ᄒᆞ고人을服케ᄒᆞ야戰爭에셔假借치아니ᄒᆞ고外交에셔酌量치아니ᄒᆞᆫ者ㅣ偶然치아니ᄒᆞᆫ지라今에此를後世로브터觀ᄒᆞ면「디웨ㅣ루」ᄂᆞᆫ決斷코「우웨루사유」의談判에公을凌視홀人物이아니라嗚呼라誰가또閑漫히公을指目ᄒᆞ야時運의所使ᄒᆞᆫ者라言ᄒᆞ리요公은實로一代에最適ᄒᆞᆫ資格이有홀뿐이니라

伯林會議가有ᄒᆞᆫ後一日에人이公의게設問ᄒᆞᄂᆞᆫ者有ᄒᆞ야曰歐洲에第一外交家ᄂᆞᆫ誰也오ᄒᆞ니公이微笑ᄒᆞ고答ᄒᆞ야曰余ᄂᆞᆫ第一外交家가果然何人인지今에足下를對ᄒᆞ야語치못ᄒᆞᄂᆞ然이나「비곤스후이루또」伯은確實히第二外交家가되ᄂᆞ니라ᄒᆞ니是ᄂᆞᆫ公이自己로써第一位ᄒᆞᆫ推ᄒᆞᄂᆞᆫ諷語라然이나縱然히公으로ᄒᆞ야곰自己가一世에冠ᄒᆞ얏다고誇稱ᄒᆞ얏스ᄂᆞ是ᄂᆞᆫ自己를知ᄒᆞᄂᆞᆫ言뿐이라然이ᄂᆞ엇지世上의自賛ᄒᆞᄂᆞᆫ

者와同等으로視ᄒᆞ리요公은眞實로世界歷史에記載ᄒᆞᆫ外交家中에最大ᄒᆞᆫㅣ者라「다이무스」記者「쟈ㅣ루스、로우웨」가曩者에其比公傳과또近來「례우유부례우유스」에反覆記載ᄒᆞ야써比公의外交上材能을論ᄒᆞᆫ中에特別히吾人의興味를感動ᄒᆞᄂᆞᆫ一節이有ᄒᆞ니左에記ᄒᆞ노라

巴黎를重圍中에鎖ᄒᆞᆯ時에第三共和政府를建設ᄒᆞᆫ者의一人「후부루」ᄂᆞᆫ平和談判委員의任이되야比斯麥과「후웨라루」에會見ᄒᆞᆯ새其時에比公이彼의게葉卷烟을進ᄒᆞ니「후부루」ᄂᆞᆫ本來喫烟치아니ᄒᆞᄂᆞᆫ者인故로곳公의好意를辭退ᄒᆞ니公이因ᄒᆞ야「후부루」의게語ᄒᆞ야曰座下의喫烟치아니ᄒᆞ심은甚히憾意가有ᄒᆞᆫ비라大凡激切ᄒᆞᆫ交涉談判을開ᄒᆞᆯ際에ᄂᆞᆫ喫烟이ᄌᆞ못必要된즉余ᄂᆞᆫ座下가此際에喫烟ᄒᆞᆷ을希望ᄒᆞ노니試思ᄒᆞ건ᄃᆡ人은喫烟ᄒᆞᆯ時에반다시葉卷을指間에挾持ᄒᆞ야此를墜치아니ᄒᆞ랴고留意ᄒᆞᆫ즉隨ᄒᆞ야激烈ᄒᆞᆫ身體의動作은此를愼ᄒᆞᆷ에至ᄒᆞ고다시心情上에就ᄒᆞ야論ᄒᆞ면喫烟은決斷코吾人의智能을鈍케ᄒᆞᄂᆞᆫ憂가無ᄒᆞ고도리혀心을長閑케ᄒᆞᄂᆞᆫ効能이有ᄒᆞ니葉卷은正히人의遇時로ᄒᆞ야곰快樂ᄒᆞᆷ에入케ᄒᆞᄂᆞᆫ導機라

今에龍과ᄀᆞᆺ치空中에昇ᄒᆞᄂᆞᆫ烟을見ᄒᆞ라此ᄅᆞᆯ眺ᄒᆞ야快意을得ᄒᆞᆷ이오ᄒᆞᆷ게益益히精神이平和ᄒᆞᆷ을覺ᄒᆞᆷ이아니리오이믜眼에屈曲轉纈ᄒᆞᄂᆞᆫ烟을見ᄒᆞ고手에輕輕ᄒᆞᆫ葉卷을挾持ᄒᆞ야馥郁ᄒᆞᆫ香氣ᄂᆞᆫ鼻ᄅᆞᆯ觸ᄒᆞ고五內ᄂᆞᆫ陶然히醉ᄒᆞᆫ것과如ᄒᆞ니人이此에至ᄒᆞ야곳極樂이라如此ᄒᆞᆫ時에在ᄒᆞᄂᆞᆫ人은其圭角을収ᄒᆞ야談判을圓滿ᄒᆞᆷ에成合케ᄒᆞᄂᆞ니然ᄒᆞ야吾等의任務와外交家의任務ᄂᆞᆫ恒常其圓滿ᄒᆞᆫ成合에由ᄒᆞ야비로소成就ᄒᆞᄂᆞᆫ者아니리오

巴里陷落을救ᄒᆞ기爲ᄒᆞ야平和談判ᄒᆞᆯ任을負ᄒᆞ고激烈ᄒᆞᆫ交涉을試ᄒᆞ랴고來ᄒᆞᆫ「후부루」의게對ᄒᆞ야公의語ᄒᆞᆫ비實로如此ᄒᆞ나吾人이此ᄅᆞᆯ形容ᄒᆞ야綽綽히餘裕가有ᄒᆞ다ᄒᆞ며襟裡에光風霽月이라云ᄒᆞᆯ지니如此態度가有ᄒᆞᆷ으로比公은眞正히最大外交家라云ᄒᆞᆯ지라

公이恒常血性의禀質로써外交家에行치아니ᄒᆞᆯ비라ᄒᆞ야情을務制ᄒᆞ야强作히冷淡ᄒᆞᆫ態度ᄅᆞᆯ學ᄒᆞᆫ다ᄒᆞ니是以로公은佛蘭西에小說類ᄅᆞᆯ携帶ᄒᆞ야神氣가亢奮ᄒᆞᆯ際에ᄂᆞᆫ每樣此ᄅᆞᆯ繙閱ᄒᆞ더라「사도와」(게닛히삭렛)의大戰後에七月十五日夜半에「부루

윤」에서比公을訪問ᄒᆞᆫ佛國大使館書記官某의記載ᄒᆞᆫ바에依ᄒᆞᆫ즉如此히繁忙ᄒᆞᆫ時機에도深更二時에當ᄒᆞ야雙燭의光이明滅ᄒᆞᆫ間에公이褥上에橫臥ᄒᆞ야佛國小說을熟讀ᄒᆞ얏다ᄒᆞ고「셰단」의役에도또ᄒᆞᆫ公이自夕으로至曉ᄭᆞ지「후라비아」의論文과並ᄒᆞ야ᄯᅦ리례후례슈멘도후호와구리스디안스」의二書ᄅᆞᆯ眼前에考閱ᄒᆞ얏스니如此히精神을鍛鍊ᄒᆞᄂᆞᆫ比公은또一邊으로各國國語ᄅᆞᆯ普通ᄒᆞ니伯林會議ᄂᆞᆫ英語로써通ᄒᆞ얏스니是ᄂᆞᆫ「비곤스후히루도」의가만히公을苦케ᄒᆞ고저ᄒᆞᄂᆞᆫ深意에出ᄒᆞᆫ비라然이ᄂᆞ公은躊躇치아니ᄒᆞ고此ᄅᆞᆯ承認ᄒᆞ니라公은또露語ᄅᆞᆯ談話ᄒᆞᄂᆞᆫ才能이有ᄒᆞ야露都에駐劄公使로在ᄒᆞᆯ時에露語ᄅᆞᆯ學ᄒᆞ기勉勵ᄒᆞ니人이公의게向ᄒᆞ야問曰公은何故로如此히諸國語ᄅᆞᆯ學ᄒᆞᄂᆞᆫ고ᄒᆞ니此ᄂᆞᆫ外交上談判은普通通譯官으로通ᄒᆞᄂᆞᆫ交涉인즉반다시公使가他國語ᄅᆞᆯ知ᄒᆞᆯ비無ᄒᆞ다ᄒᆞᆷ이라公이荅ᄒᆞ야曰余ᄂᆞᆫ露語ᄅᆞᆯ精通치아니ᄒᆞ지못ᄒᆞᆯ지니眞正ᄒᆞᆫ外交上의機變은譯官으로通ᄒᆞ야行ᄒᆞᆷ이不可ᄒᆞ다ᄒᆞ니此ᄂᆞᆫ公이佛語ᄅᆞᆯ通ᄒᆞᄂᆞᆫ證明이니라

公은敏才가多ᄒᆞ니敏才와豪傑이何等關係가有ᄒᆞ고此事件에吾人은반다시重히ᄒᆞᆯ

者아니나外交家로ᄒᆞ야곰敏才ᄅᆞᆯ必要ᄒᆞᆷ은반다시緊切ᄒᆞᆯ지라左에事實은甚히戱語와如ᄒᆞᄂᆞᆫᄯᅩᄒᆞᆫ公의洒落滑脫ᄒᆞᆫ風彩ᄅᆞᆯ想見ᄒᆞᆷ이足ᄒᆞ니라

公이「후리ᄯᅩ릿히 스루」에退休ᄒᆞᆯ시人이公의庭園을入ᄒᆞ야光榮ᄒᆞᆫ前宰相의住地ᄅᆞᆯ觀景ᄒᆞᆫ標跡으로樹木의枝ᄅᆞᆯ頻折ᄒᆞ야持去ᄒᆞ니一日에公이園內에出ᄒᆞ야徘徊ᄒᆞ더니種種婦女數人이樹下에在ᄒᆞ야公이在ᄒᆞᆷ을不嫌ᄒᆞ고纖纖ᄒᆞᆫ手腕을擧ᄒᆞ야樹枝ᄅᆞᆯ折코저ᄒᆞ니公이其傍에進ᄒᆞ야此ᄅᆞᆯ挽執ᄒᆞ고蒼顔에一笑ᄅᆞᆯ開ᄒᆞ야謂曰

貴女等은試ᄒᆞ야一思ᄒᆞ라余의庭園에來ᄒᆞᄂᆞᆫ各人이모다一樣으로樹枝ᄅᆞᆯ折去ᄒᆞ면余의樹木이其枝葉은오히려余의頭上에老髮과ᄀᆞᆺ치盡數히裸脫치아니ᄒᆞ깃ᄂᆞ냐ᄒᆞ더라

今에此ᄅᆞᆯ記ᄒᆞᆷ은公이極히外交上에秘密ᄒᆞᆷ을保全ᄒᆞ랴고苦心ᄒᆞᄂᆞᆫ事와如ᄒᆞ니公은或多小難境을能히免치못ᄒᆞᄂᆞᆫ形跡이有ᄒᆞ야도知치못ᄒᆞᆯ지라此ᄂᆞᆫ公이外交에關ᄒᆞᆫ事件에就ᄒᆞ야他人을信認치아니ᄒᆞ고惟其家人親戚을憑賴ᄒᆞᆷ이라長子「혜루베루도」伯우公의第一秘書官이되고女婿「랑쓰아우」伯과次子「우이루혜룸」伯은다公

의股肱의士ㅣ오特別히「랑쓰아우」의夫人은公의一女라公이最大緊切ᄒᆞᆫ外交機關에取用ᄒᆞᄂᆞᆫ者이니副官政治와幕僚政治等語에觀ᄒᆞ면公의政治ᄂᆞᆫ恰似히親族間에政治ᄒᆞᄂᆞᆫ貌樣이러라

公은最大外交家의資格을備ᄒᆞ고또實際로最大外交의事業이有ᄒᆞᄂᆞ然이나公은外交家에만在ᄒᆞᆯ뿐아니라其內政에도또ᄒᆞᆫ所謂議院政治家에多數ᄒᆞᆫ歷史上人物間에傑出ᄒᆞ니公은學者를愛ᄒᆞᄂᆞᆫ人이오不學者도利用ᄒᆞᄂᆞᆫ人이라是以로公은相位에在ᄒᆞᆫ지數十年間에經營ᄒᆞᆫ內治의事業은其中에特別히經濟學財政學의發達ᄒᆞᆷ에莫大ᄒᆞᆫ獻忠에至ᄒᆞ얏스니「아도루후、 꾸네루」ᄂᆞᆫ今世에經濟財政學者의泰山北斗와ᄀᆞᆺ치仰慕ᄒᆞᆷ이러라

想컨ᄃᆡ上下幾千載間에英雄豪傑로써需用ᄒᆞᄂᆞᆫ士ᄂᆞᆫ其數가甚多ᄒᆞᄂᆞ非凡ᄒᆞᆫ喫烟家와非凡ᄒᆞᆫ飮酒家로일즉精神과身體에勞苦ᄒᆞᆷ을不顧ᄒᆞ고極力히勤勉ᄒᆞᆷ이比公과如ᄒᆞᆫ者ᄂᆞᆫ實로特異ᄒᆞᆫ怪物이라稱ᄒᆞᆷ이可ᄒᆞᆯ지라況四十年公務上에其太半은宰相이되야中外急務를當ᄒᆞ얏스니古今政治家에如此ᄒᆞᆫ類ᄂᆞᆫ見치못ᄒᆞᆫ빅라

誰가比斯麥으로써「리셰류ᅳ」의게比ᄒᆞ며誰가比斯麥으로써「ᄲᅮ릿또ᄉᆞ돈」의게比ᄒᆞ리오比斯麥은此二人보담도다시一步ᄅᆞᆯ超脫ᄒᆞᄂᆞᆫ人豪라「릿돈」卿의演說中에比公의述懷ᄅᆞᆯ引用ᄒᆞ야曰

余의施爲ᄒᆞᆫ바로彼議院政事家의(卽ᄲᅮ랏또ᄉᆞ돈)經營ᄒᆞᄂᆞᆫ事業에及지못ᄒᆞ면余가何敢晏然히吾祖國同胞에對ᄒᆞᆯ面目이有ᄒᆞ리요ᄒᆞ얏스니卿은比公으로써今世紀에最大政治家로信홈이니라

「구리스피ᅳ」가三國同盟ᄒᆞᄂᆞᆫ事件에關ᄒᆞ야「후리도릿히ᄉᆞ루」에公을訪ᄒᆞ야暫時淹留ᄒᆞᆯ시一夕에公의게向ᄒᆞ야語曰余ᄂᆞᆫ歷史上에아즉閣下及令娘ᄀᆞᆺᄒᆞᆫ父子大政治家ᄂᆞᆫ일즉見치못ᄒᆞ얏다ᄒᆞ니公이곳此ᄅᆞᆯ論駁ᄒᆞ야曰否ᅵ라余等前에이믜「피쓰도」父子가有ᄒᆞ다ᄒᆞ니此ᄅᆞᆯ讀ᄒᆞᄂᆞᆫ者ᄂᆞᆫ公이「피쓰도」로써自己의게比ᄒᆞᆫ다고思치말지어다公이엇지「피쓰도」보다不如ᄒᆞ리요盖「피쓰도」ᄂᆞᆫ오히려企及ᄒᆞ기易ᄒᆞ거니와後世의人이比公되고저홈은能치못ᄒᆞ리라

「리셰류ᅳ」ᄂᆞᆫ誠是人豪라路易十四世ᄅᆞᆯ輔翼ᄒᆞ야新帝國을建設ᄒᆞᆫ英雄이니尊王忠

君教ᄅᆞᆯ根本으로主張ᄒᆞᄂᆞᆫ人이오戰爭으로ᄡᅥ王室尊嚴을購得ᄒᆞᆫ政治家라是以로世人이或은公으로「리세류ㅣ」의게擬議ᄒᆞᄂᆞᆫ者ㅣ有ᄒᆞ니라

然이나是ᄂᆞᆫ不過外形論ᄲᅮᆫ이오其近似ᄒᆞᆷ을議論ᄒᆞᆯᄲᅮᆫ이라今世에宰相位에登ᄒᆞᆫ者ᄂᆞᆫ內에國會의咆哮와外에列國의爪牙로더부러相持ᄒᆞ야彼ᄅᆞᆯ失敗ᄒᆞᄂᆞᆫ地에陷ᄒᆞ랴고覬覦치아니ᄒᆞᄂᆞᆫ者無ᄒᆞ나然이나二十年間內治外交에重職을擔任ᄒᆞ야일즉屈치아니ᄒᆞ고撓치아니ᄒᆞᆷ은「가ᄯᅵ나루、리세류ㅣ」의及지못ᄒᆞᆯ바ㅣ니라

玆에「리세류ㅣ」에就ᄒᆞ야無端히公의人物을論ᄒᆞᆷ은想컨ᄃᆡ公의信仰과公의宗教와公의忠君愛國主義ᄅᆞᆯ略說치아니ᄒᆞ면不可ᄒᆞᆫ故로論ᄒᆞᆷ이니라

公의曾祖父ᄂᆞᆫ일즉「후리ᄯᅳ릿히」大王을從ᄒᆞ야戰爭에서死ᄒᆞ야光榮이有ᄒᆞ고公의父도ᄯᅩᄒᆞᆫ侍衛士官이되야大王의게寵을得ᄒᆞᆫ故로公의母「우이루헤루미나」ᄂᆞᆫ老帝게ᄋᆞᆸ서第二母와ᄀᆞᆺ치敬慕ᄒᆞ신夫人이니公이幼時로ᄇᆞ터父母의게教育을受ᄒᆞᆫ尊王愛國은公의心中에浹洽ᄒᆞᆫ비라是以로普國民會에在ᄒᆞ야公은終始王室의尊嚴을擴張ᄒᆞᆷ에勉力ᄒᆞ고入ᄒᆞ야相綬ᄅᆞᆯ珮ᄒᆞᆷ에도ᄯᅩᄒᆞᆫ心을傾ᄒᆞ야帝王의權力을扶持ᄒᆞ랴고

努力ᄒᆞ얏스니普魯西의帝權은神이授ᄒᆞᆫ바ㅣ라人民은本來帝王下에在ᄒᆞ야服從ᄒᆞᄂᆞᆫ義務가有ᄒᆞᆫ者인故로公의平生의主張ᄒᆞᆫ바ㅣ라公의獨逸帝國宰相이됨으로브터其實은君主의忠僕이라ᄒᆞᆯ지라公의年齡이八十四歲에至ᄒᆞ야「후리또릿히스루혜」林亭에셔沒ᄒᆞᆯ식미리家人의게遺言ᄒᆞ야曰吾墳墓ᄂᆞᆫ老帝陛下ᄭᅴ陵側에建ᄒᆞ고其碑文에表ᄒᆞ되陛下의忠僕比斯麥의墓라刻記ᄒᆞ라ᄒᆞ얏스니公이易簀ᄒᆞᆯ時ᄅᆞᆯ當ᄒᆞ야其願ᄒᆞᆫ바ㅣ如此ᄒᆞ더라公의生時에新帝와不合ᄒᆞ야骸骨을乞ᄒᆞ야草野에在ᄒᆞᄂᆞᆫ其心은恒常國事에戀戀ᄒᆞ야조곰도帝ᄅᆞᆯ敵視치아니ᄒᆞ고至誠으로國恩을報ᄒᆞ야一毫도私心이無ᄒᆞ더라

일즉「게니쓰똭례쓰」戰에在ᄒᆞᆯ時에老帝ᄭᅴ셔彈丸이雨와ᄀᆞᆺ치下ᄒᆞᄂᆞᆫ中에立ᄒᆞ야動치아니ᄒᆞ니其危殆ᄒᆞᆷ이時刻에在ᄒᆞᆫ지라公이憂心이至切ᄒᆞ야老帝ᄭᅴ勸ᄒᆞ야危地ᄅᆞᆯ脫去ᄒᆞ라ᄒᆞ니帝肅然히語ᄒᆞ야曰朕의士卒은朕의祖國을爲ᄒᆞ야身을不顧ᄒᆞ고死地에奮鬪ᄒᆞ니朕이엇지身을安地에置ᄒᆞ리요ᄒᆞ니公이感淚鳴咽ᄒᆞ야能히仰視치못ᄒᆞ고다시聲을勵ᄒᆞ야曰然ᄒᆞᄂᆞᆫ臣이宰相이되야陛下의危急ᄒᆞᆷ을晏視ᄒᆞ고何面目으로

써能히陛下의國民을對ᄒᆞ리오ᄒᆞ나老帝ㅣ不得已ᄒᆞ야馬轡를回ᄒᆞ야出ᄒᆞᆯᄉᆡ帝ᄂᆞᆫ一世明君이라心中에其統率ᄒᆞᆫ大軍을不忍棄去ᄒᆞ야馬步가甚遲ᄒᆞᆫ지라於是에公이所着長靴를揚ᄒᆞ야一蹴ᄒᆞ야其拍車로써帝의所騎馬를刺ᄒᆞ니馬가躍走ᄒᆞ야老帝로ᄒᆞ야곰虎口를脫出ᄒᆞ니此瞬息間에光景이實로比公의人物을說明ᄒᆞᆯ만ᄒᆞ더라

公이帝를隨ᄒᆞ야戰地에在ᄒᆞᆯ時에藁를被ᄒᆞ야寢ᄒᆞ고「보헤마」의陣中에서乳兒의搖籃(載小兒戲具)을借ᄒᆞ야一夜를經宿ᄒᆞ니其後에人이問曰如何히其內에臥ᄒᆞ얏ᄂᆞ냐ᄒᆞ니公이答曰余ᄂᆞᆫ懷中小刀와如ᄒᆞ야身體를折ᄒᆞ야寢ᄒᆞ얏노라ᄒᆞ니嗚呼라公은可以竭忠이라謂ᄒᆞᆯ지라

公은容貌魁偉ᄒᆞ고風采가堂堂ᄒᆞ야써國家의休戚을荷ᄒᆞ고百難을排ᄒᆞ야勉進ᄒᆞᄂᆞᆫ風度가有ᄒᆞ더라身體强健치아니ᄒᆞ면志意가鞏固치못ᄒᆞᄂᆞ니公은其志를一立ᄒᆞ면곳此를貫徹치아니ᄒᆞ야ᄂᆞᆫ止치아니ᄒᆞ더라「또구도루、슈원닌재루」ᄂᆞᆫ公의侍醫라公이其質直ᄒᆞᆷ을愛ᄒᆞ야드듸여擧ᄒᆞ야伯林醫科大學에敎授를任ᄒᆞ니伯林에諸博士가盛히排斥ᄒᆞᄂᆞᆫ지라公이憤懣ᄒᆞ야彼等의要求ᄒᆞᆷ을拒絶ᄒᆞ야더욱强硬ᄒᆞ고其後에

事를因ᄒᆞ야「슈웨닌제루」의게赤鷲三等勳章을授ᄒᆞ니라또일죽「아루니무」가外交의秘密ᄒᆞᆷ을泄漏ᄒᆞᆯ時에公이猛烈히彼와論爭ᄒᆞᆷ이有ᄒᆞ니「아루니무」도本來猾介ᄒᆞᆫ性이라巴里로브터歸ᄒᆞ야闕下에伏ᄒᆞ야比斯麥의暴ᄒᆞᆷ을訴ᄒᆞ니皇帝親히宸襟을惱ᄒᆞ사宰相과大使間에紹介ᄒᆞ야其調和ᄒᆞᆷ을試ᄒᆞ되公은終是不肯ᄒᆞ야曰「아루니무」로ᄒᆞ야곰官職에在ᄒᆞ면臣은몬저冠을掛ᄒᆞ고去ᄒᆞ리라ᄒᆞ니辭氣가頗勵ᄒᆞᆫ지라皇帝因ᄒᆞ야「아루니무」의職을褫ᄒᆞ얏ᄂᆞ니라

「가라이루」가其英雄崇拜論中에筆鋒을下ᄒᆞ야曰日耳曼民族의巨人을批評ᄒᆞ면比公은確實히永遠生活人이라獨逸帝國은亡ᄒᆞ야도公은亡치아니ᄒᆞᆯ지니勇敢ᄒᆞᆫ鐵血政略의創業과偉大ᄒᆞᆫ國家社會主義의基本이여決斷코ᄒᆞᆫᄀᆞᆺ「우이루헤룸」一世에忠僕이라고墓에葬ᄒᆞᆫ人이아니라ᄒᆞ얏더라

比斯麥傳 終

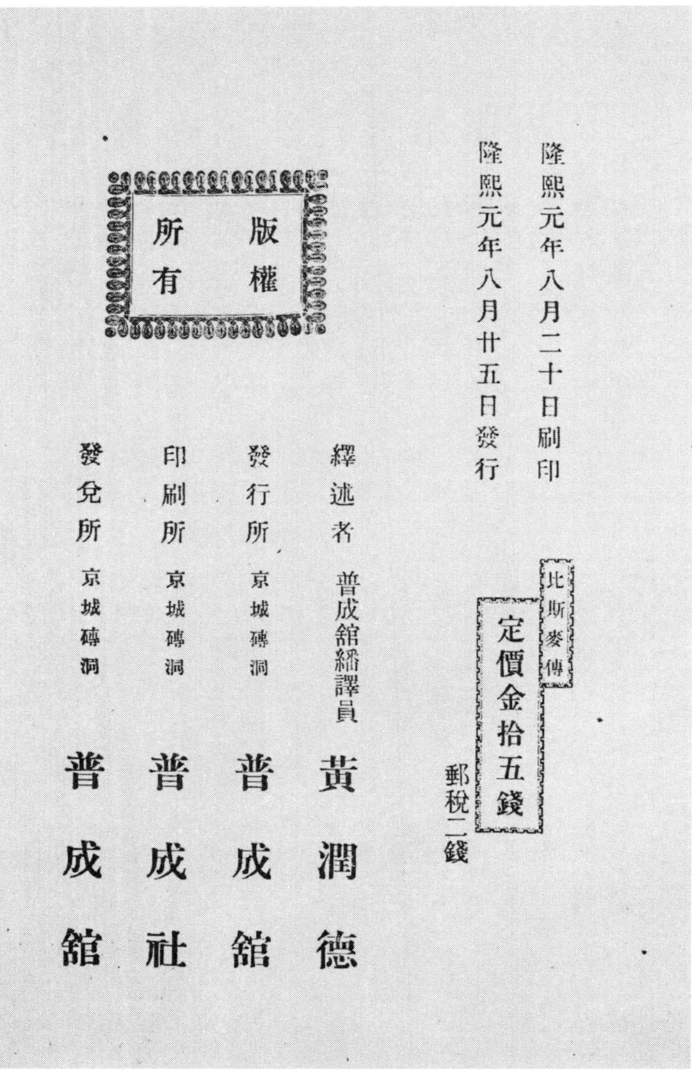

隆熙元年八月二十日刷印
隆熙元年八月廿五日發行

比斯麥傳
定價金拾五錢
郵稅二錢

版權所有

繹述者 普成館繙譯員 黃潤德
發行所 京城磚洞 普成館
印刷所 京城磚洞 普成社
發兌所 京城磚洞 普成館

73

普成館新刊書籍廣告

●東國史略	一帙四册	定價金貳圓	郵稅貳拾八錢
●東西洋歷史	一帙二册	定價金壹圓五拾錢	郵稅拾貳錢
●越南亡國史	全	定價金貳拾五錢	郵稅貳錢
●世界一覽	全	定價金貳拾錢	郵稅貳錢
●初等小學	卷一	定價金貳拾五錢	郵稅貳錢
●商業大要	全	定價金六拾錢	郵稅拾錢
●新編博物學	全	定價金七拾錢	郵稅拾錢
●外交通義	一帙二册	定價金壹圓貳拾錢	郵稅拾八錢
●中等生理學	全	定價金九拾錢	郵稅拾錢
●五偉人小歷史	全	定價金拾錢	郵稅三錢
●家庭敎育	全	定價金三拾錢	郵稅六錢
●萬國地理	一帙二册	定價金一圓拾錢	郵稅拾四錢
●師範敎育學	全	定價金五拾錢	郵稅四錢
●新編大韓地理	全	定價金七拾錢	郵稅八錢
●商業汎論	一帙二册	定價金一圓拾錢	郵稅拾四錢
●比律賓戰史	全	定價金四拾錢	郵稅拾錢
●普通經濟學	全	定價金八拾五錢	郵稅拾錢

영인자료

比斯麥傳

- 『비사맥전(比斯麥傳)』
  황윤덕(黃潤德) 역, 보성관(普成館), 1907.8.

여기서부터 영인본을 인쇄한 부분입니다. 이 부분부터 보시기 바랍니다.

손성준

성균관대학교 동아시아학술원을 졸업했고, 현재 같은 기관 교수로 재직 중이다. 주요 논저로 『대한자강회월보 편역집』(공역), 『투르게네프, 동아시아를 횡단하다』(공저), 『근대문학의 역학들 - 번역 주체·동아시아·식민지 제도』, 『완역 조양보』(공역), 『완역 태극학보』(공역), 『완역 서우』(공역), 『중역(重譯)한 영웅 - 근대전환기 한국의 서구영웅전 수용』, 『대한제국과 콜럼버스』, 『한국근현대번역문학사론 - 세계문학·동아시아·중역』(공저) 등이 있다.

근대계몽기 서양영웅전기 번역총서 03

비사맥전

: 독일제국 철혈재상 비스마르크 전기

2025년 4월 25일 초판 1쇄 펴냄

옮긴이 손성준
발행인 김흥국
발행처 보고사

책임편집 이경민
표지디자인 김규범

등록 1990년 12월 13일 제6-0429호
주소 경기도 파주시 회동길 337-15 보고사
전화 031-955-9797
팩스 02-922-6990
메일 bogosabooks@naver.com
http://www.bogosabooks.co.kr

ISBN 979-11-6587-836-8 94810
979-11-6587-833-7 (세트)

정가 14,000원

이 책은 2018년 대한민국 교육부와 한국연구재단의 지원을 받아 수행된 연구임
(NRF-2018S1A6A3A01042723)